海外华文精品书系

莱茵河畔的光与影

刘　瑛◎著

中国华侨出版社
·北京·

图书在版编目（CIP）数据

莱茵河畔的光与影 / 刘瑛著. — 北京：中国华侨出版社，2022.3
ISBN 978-7-5113-8648-9

Ⅰ.①莱⋯ Ⅱ.①刘⋯ Ⅲ.①随笔—作品集—中国—当代 Ⅳ.①I267.1

中国版本图书馆CIP数据核字（2021）第 196473 号

莱茵河畔的光与影

著　　者：刘　瑛
责任编辑：高文喆　桑梦娟
封面设计：薛冰焰
经　　销：新华书店
开　　本：710毫米×1000毫米　1/16 开　　印张：12.5　　字数：150千字
印　　刷：三河市华东印刷有限公司
版　　次：2022 年 3 月第 1 版
印　　次：2023 年 7 月第 2 次印刷
书　　号：ISBN 978-7-5113- 8648-9
定　　价：48.00元

中国华侨出版社　　北京市朝阳区西坝河东里77号楼底商5号　　邮编：100028
发 行 部：（010）64443051　传　真：（010）64439708
网　　址：www.oveaschin.com　E—mail：oveaschin@sina.com

如发现印装质量问题，影响阅读，请与印刷厂联系调换。

自 序

谁都喜欢有滋有味。没人喜欢味同嚼蜡。

正因为明白这最浅显的道理，厨师在烹调时，会尽量兼顾色香味俱全；作者在写作时，会要求自己不仅要笔下言之有物，最好还能活色生香。

每位作者在写作时，都会不由自主地带着自己特有的思维习惯和语言表达方式。在这特有的思维习惯和表达方式里，弥漫着作者的气息，流露着作者的才情，展示着作者的视野和眼界。这一切，于无形中形成一个特有的磁场和气场，或大或小、或强或弱地吸引着读者。

真希望，这本《莱茵河畔的光与影》也能有这样的磁场和气场。当你翻开这本书，便被字里行间的气息所吸引，跟着作者的文笔，一道欢笑，共同享受。

本书收录了这些年我陆陆续续发表在国内外文学杂志和报纸上的散文随笔。其中有一部分来自我的博客和微信。由于带有互动形式，部分篇章行文非常平易和轻松。

为条理清晰、便于阅读，这本书分了几个章节，分别是"德国生活""亲朋往事""旅途随记""插科打诨"。"德国生活"记录的是有关德国社会的一些事件与片段;"亲朋往事"叙述的大多是我和亲朋的真实故事;"旅途随记"是我这些年外出旅游的部分经历和感悟;"插科打诨"是我在努力向幽默靠拢时做的一点尝试。不管是严肃的、嬉笑的、庄重的、幽默的、喜悦的、悲伤的、叙事的、抒情的,希望读起来都不会让你感到无味或无聊。

在资讯如此发达的今天,各种网络平台给我们提供了便捷表达自己思想和感受的途径,也给了我们充分挖掘个人写作潜能的可能性。网络在提供大量信息的同时,也改变着人们的阅读习惯。人们似乎更倾向于"快餐文化"。我的好友Y曾就写作问题向我面授机宜:你呢,得像驴下粪蛋,一个一个来。一件事归一件事,简简单单,清清楚楚。让别人蹲在厕所的那点儿工夫,就能把你的东西消遣完,知道你想表达个啥。千万别长篇小说似的东拉西扯,没完没了。你想啊,别人还有好多事儿忙不过来呢,谁有工夫关心你编造的那些前世孽缘、后世轮回?你费了老大劲儿把那些人物纠葛摆平整、细枝蔓节捋顺溜、恩恩怨怨叙清楚,可别人不会领你这个情!知道吗?现在是快餐时代!

而我则私下认为,快餐偶尔为之,当然可以。餐餐食之,肯定有损健康。快餐归快餐,国宴归国宴。能不用出大价钱就享用一顿国宴,相信绝大多数人还是会选择国宴。

当然,我还不是国宴级厨师。但我能用寻常食材烹饪出可口的家常菜。无论是慢火清炖,还是大火爆炒;无论是凉拌小吃,还是红烧腌制,奉上一桌丰盛可口的家常便饭,犹如我这本散文集。但愿让你品尝时觉得有滋有味,品过之后难以忘怀。

也许是出于习惯,我一直喜欢捧一卷诗书在手,或坐或卧、或躺或立、慵懒舒适的读书方式。斟一杯香茶，煮一杯咖啡，轻饮慢品，沉浸于书中，那是怎样一种快意和享受！喜欢翻着纸质书的那种感觉，更喜欢淡淡的书墨香气，正因如此，我希望自己的文字不仅在网络世界遨游，也能静静回落到书中，变成幽幽的书香，给爱书、爱阅读的人送上温馨与抚慰。

我一直努力着，想把我眼中真实客观的德国呈现给国内读者。遗憾的是，我的第一本《刘瑛小说散文集》由国外出版社出版，国内读者买不到。因而，这本书中，特意收入了《刘瑛小说散文集》中的一部分篇章。

感谢中国华侨出版社给了这次机会，让我的期待变成了现实。

目　录

莱茵河畔的光与影

德国生活

在德国挖到的第一桶金

初到德国的日子，心里时常忐忑不安。

那时，我们的公司刚成立，业务量是零。那时，我还从没做过生意，商业常识是零。而且，我的德语必须从字母学起，基础知识也是零——总之，一切从零开始。

我们公司的名字，带了"欧亚"两字。顾名思义，当然是做欧亚生意。确切地说，就是做德国与中国之间的贸易。

那是 1994 年初。出国前，我恰好看了一本当时在国内正热销火爆的自传书《曼哈顿的中国女人》。女主人公周励在纽约做生意的经历给了我们些许启发——既然中国纺织品的质量达到了能够进入美国曼哈顿第五大道橱窗的水准，那么，同样也应该可以进入德国市场。于是，我们将公司产品定位为纺织品。

收集样品、拜访客户、取样打样、洽谈订单。可大半年忙下来，一无所获。唯一的收获是，我们惊讶地发现，大多数德国商人根本就不了解中国。在他们眼里，中国纺织品的地位还不如印度纺织品。

一天，突然接到一个汉堡打来的电话。国内进出口公司的朋友告诉我们，省内几家进出口分公司联合在汉堡一家五星级宾馆搞产品展销会，带来了不少纺织样品，邀请我们前去参加。

我们一听，火速前往。

那时，我们正为收集样品的事大伤脑筋。国内进出口公司给我们提供的样品，几乎都是次品。原因很简单：当时国内工厂没有进出口权，出口产品需经过外贸公司。而纺织品出口尤其不易，产品到欧洲一律需要配额。工厂给外贸公司提供的样品，都是生产过程中淘汰下来的次品。没有哪家工厂在没有订单、利润很薄的情况下，愿意抽出专门资金去做高质量的样品。拿着那些从外贸公司辗转到我们手里的次品去跟挑剔的德国商人洽谈，结果可想而知。

现在，既然可以收集到一些正儿八经的样品，哪能错过！

急匆匆赶到宾馆展览现场，发现观展人数寥寥无几。除了受邀的几个客户，这精心布置的小型展会冷冷清清，门可罗雀。

聊起来得知，多数外贸业务员是在国内广交会上守株待兔。像这样走出国门自己办展，还是第一次。这么费尽周折、事倍功半，同样囿于对德国的不了解——要知道，当时德国已有好几个影响极大的国际性纺织品展和时装展。参加专业参会，效果肯定会比在宾馆办展要好得多。而国内这些外贸业务员以及他们的领导，居然对此毫不知晓。

朋友招呼我们来，其实还有另外目的——展会结束后，他们还得到欧洲其他国家去拜访其他客户。一个集装箱运来的样品，五花八门，什么都有，足以开个杂货店。这么多样品，当然不便全部携带，全数运回不仅手续麻烦，而且经济上也不划算。于是鼓动我们掏钱买下那些样品。

买下纺织品样品还行。可那些足有半个集装箱的各式杂货，尤其是那些各式竹编，我们无论如何没法接收。一来我们不做杂货零售生意，二来那些竹编实在太占地方，我们没有仓库，往哪儿放呀？

请示了上级领导后，朋友告诉我们，只要象征性地出 500 马克，就可以把所有样品全部拉走——就算帮个忙吧！

盛情难却。我们只好临时租了个车，把那些足有半个集装箱的杂货及各式竹编拉回我们所住的城市杜塞尔多夫。

出于公司形象考虑，当时我们在一处环境很好的片区租了一套商住两用房。地下室是用铁丝网隔开的一间间储藏室。住户之间能彼此清楚看到储藏室所放的杂物。原本我家储藏室除了角落里一只孤零零的旅行箱，空无一物。从汉堡回来后，地下储藏室一夜之间被堆了个满满当当。

拿着那些精美的真丝围巾样品，如获至宝。我们开始新一轮洽谈。结果却令人沮丧：这些印刷精美、质量上乘、出口到美国去的真丝围巾，却被德国商人认定为太花哨，不符合德国人的色彩感觉和审美搭配。几个月下来，仍然没接到一个订单。

转眼就到 11 月。一天，圣诞市场管理处给我们公司打来电话，问我们是否想租一个圣诞小亭。因为有一家租者临时退出，需要新的租者填补。见我们公司名字带了个"亚洲"字样，便来电话询问。接电话员工一口回绝，说，我们公司只做进出口大生意，不做零售小生意。

我那时还在忙着上语言班。放学回来后，听说此事，一下想到了地下储藏室的那些杂货。何不利用这个机会，赶紧把这些东西卖出去呢？

很快，我们租下了那个圣诞小亭。我的目标非常简单：只要把那些占地方的竹编卖掉，倒腾回来本钱和亭子租金费就行了。如果顺带能把那些美国色彩的真丝围巾也都卖掉，那就更好了！

把那些花里胡哨的真丝围巾抖落开，热热闹闹挂满了圣诞小亭。小亭子里里外外，摆放着各式杂货。那些手工编织的竹编，极其精美精巧，件件都是工艺品。而那些大小不等的各式竹篓，图案各异，编织细腻，在灯光下泛着迷人的光泽，让人爱不释手。

我那时并不知道竹篓的用途。因为急于出手，把价格定得很低。一摞精美的竹篓，只卖 15 马克。真丝围巾在德国人眼里是很值钱的东西。当时 Kaufhof 一条真丝围巾价格为 99.99 马克。减价后价格也在 49.99 马克。我们的真丝围巾进价为 8 马克。即便比 Kaufhof 便宜一半，卖 29 马克，也可翻好几倍赚钱。

开头几天，看的人多，买的人少。一个星期之后，营业额突然急速上升。有个年轻小伙子，一天之内到我这儿连续买了好几摞竹篓。他告诉我，他已在整个圣诞市场看了一遍，发现卖竹编的只有我这一家。这些竹篓，都是手工制品，价廉物美，既可以做装纸张的垃圾篓，也可以做花盆，还可以做放在窗台上的装饰品。有些竹篓还可以放面包——用处多极了！

仿佛突然间打开了闸门，来买竹编的人络绎不绝。一问，反馈的信息跟小伙子一致：这整个圣诞市场上，卖竹编的，我这儿是"只此一家，别无分店"。看来，德国人都是冷静的买主。比较了、看准了，再下手。

明白了这点之后，我立刻调整销售策略——把各式竹编分门别类，分别标价，按件论价。这样，无形中价格一下子高出了好几倍。尽管这样，仍挡不住顾客的购买热情——谁让我的东西独一无二呢？

不光如此。那些被德国商人认为"色彩感觉不对"的真丝围巾，也出乎意料地受到了热捧。那些仔细比较过价格的人，尤其是一些老妇人，像发现了新大陆，她们不光自己买，还呼朋唤友，成群结队，像捡了大便宜。

每个来上门买东西的人，我都不失时机地跟他们聊聊。尤其是买真丝围巾的顾客，向他们征询对产品色彩的感觉和意见，积累了非常宝贵的第一手资料。要知道，在此之前，我们对德国客户的购买心理和色彩感觉是一无所知啊。

销售额蒸蒸日上。最终一结算，刨去进价、租金，净赚1万马克！兑换成人民币，比我在国内工作10年的工资总和还多！

在圣诞市场上积累的信息和经验，给了我们极大的帮助。第二年，我们的真丝产品终于顺利打进了德国最大的连锁超市之一——Kaufhof。

丝绸之路的女儿

　　杜克太太称自己是"丝绸之路的女儿"。这名字用德语说出来，比她的真名要长得多。尽管如此，在那个愉快的、典型的德国下午茶时间里，杜克太太还是不停地用"丝绸之路的女儿"来称呼自己。

　　问到这名字的起由，她像唱歌似的说："因为我母亲是在丝绸之路上怀上我的呀！"

　　我与杜克太太的相识，带点儿戏剧性。

　　一天，从当地报纸读到一条消息，我们小镇的某条街道周末将举办"街道节"，欢迎所有小镇居民前去参加。

　　那时我们刚搬到小镇没多久，对周遭的环境还不太熟悉。查了查地图，发现这条小街离我们住处不远，步行过去，只要几分钟。

　　天气晴朗。阳光灿烂。爱晒太阳的人们当然不会错过这休闲的好时机。我们到达小街时，小街上充满了节日的气氛。各色彩带在小街两旁迎风招展，音乐声、欢笑声交织在一起。家家户户在街两边支起了摊位。有的是啤酒摊儿，有的是烤香肠摊儿，有的是手工品摊儿，有的像摆跳市，把不再需要的东西拿出来便宜出售，而有的，干脆把家中的收藏品搬出来，仅仅作为展示。

　　在街边一个摊位前，我不由得停住了脚步。那个摊位上的东西，显然都是收藏品，带着浓郁的东方色彩。景德镇瓷器、宣纸条幅、手工艺品折扇、红木雕刻象棋盘、丝绸围巾、丝绸领带、丝绸服装……

小镇人家大多有收藏爱好。各种收藏品五花八门。这户人家，显然是东方艺术爱好者。而且，从藏品来看，这家主人肯定到过中国。

守摊位的是个小姑娘。她告诉我，这些都是她奶奶的收藏品。她奶奶在中国生活过。不光是她奶奶，她太爷爷——也就是她奶奶的父亲——也在中国生活过。

摊位上一本古色古香的诗歌集让我爱不释手。那是一本《中国诗歌》德文翻译书，里面收录的皆为唐诗宋词。书的设计是典型的中国式线装书。土黄色的封面封底均为硬壳。封面是一艘在水中滑行的小船。一位脑袋顶上扎着发髻、穿着白色布衣的年轻小伙子撑着竿儿，一位穿着绸缎衣服、戴着官帽的达官贵人坐在船舱里观赏着沿途美景。小船上的门帘与窗帘，用今天的眼光来看，仍是非常讲究、有品位。书的封底是典型的宋代山水画。纯自然的麦秸作为"线装"，成了整本书的装饰亮点。翻开书，每首德文花体字的诗词后面，都配有一幅彩色的宋代山水画，纸质类似于宣纸，整本书装在一个带有木纹肌理的硬壳盒里，显得高贵而稀有。

我想买下这本书。可小姑娘摇摇头说，这些收藏都是她奶奶的心爱之物，今天只是作为展示，并不出售。正说着，过来一位老妇人，笑着问我："你是中国人吧？"我连连点头。她说："中国人都对唐诗宋词有感情。我小时候在中国，就和当地的小朋友一道背诵过这些诗词。难得有人这么喜欢它。今天就破例，这本书卖给你。"

我大喜过望，用期待的眼光等着她开价。

她笑眯眯地伸出两个手指。

"20马克？200马克？2000马克？"我在心里飞快地猜测着。

　　早听过一则笑话：价格后面加一个"0"，是商品，加两个"0"，是奢侈品，加三个"0"，是收藏品，加无数个"0"，那就是古董。

　　作为收藏品，这本书应该价格不菲。我紧闭着嘴唇，等她先开口。

　　"2马克。"她说。

　　"什么？"我简直不敢相信自己的耳朵。

　　"2马克。"她重复了一遍。然后，把书郑重地交到了我手上。

　　这太出乎我的意料了！等于白送啊！我如获至宝，连声道谢。

　　杜克太太是个非常开朗健谈的人。我们站在街边，愉快地聊了起来。

　　原来，她父亲是一位商人。因为读了一本德国地理学家写的有关中国的书，从此对中国充满了向往。新婚后不久，她父亲带着新婚的妻子踏上了去中国的路。那是20世纪30年代初。他们沿着那位地理学家的足迹，从太原，顺着汾河，到达西安，之后，又通过秦岭、大巴山，到达成都，他们还去过泸州和重庆。就在他们计划沿着这位地理学家描述的"丝绸之路"继续西行时，新婚妻子发现自己怀孕了。于是，夫妻俩改变了计划和行程，到了青岛。之所以选择到青岛，是因为那里有德国人留下的痕迹。当然，最重要的是，那里有大海和一些其他生活在那儿的德国同乡。

　　杜克太太就是在青岛出生的。三年后，他弟弟也在青岛出生。他们在青岛度过了非常愉快的童年。她至今还记得，那个在她家帮佣的、非常和蔼可亲的中国阿姨叫"翠玉"。

　　杜克太太告诉我，今天这些摆出的东西，只是她自己的收藏。她父母还有更多关于中国的收藏品，一部分留给了她弟弟，一部分保存在她这儿。得知我也居住在这个小镇上，她很爽快地说，如果感兴趣，可以约个时间到她家，她很愿意把那些收藏品都拿出来给我看看。

我忙不迭地一口答应，立刻把自家的电话号码给了她。这之后不久，我果然接到了杜克太太的邀请，到她家去喝下午茶。

也就是在那次下午茶上，杜克太太一口一个"丝绸之路的女儿"，以此称呼自己。这一次，杜克太太给我看了不少她父母在中国生活的有关记录。她父亲不仅是商人，也是一位摄影爱好者。他拍摄了许多他们当时在中国生活的照片，尤其是作为基督教徒，她母亲参与的那些基督教活动。她母亲作为一名虔诚的基督教徒，与有着同样信仰、当时在中国生活和工作的德国同乡们保持着密切的联系。他们甚至办了一份期刊，记录着他们的传教活动，以及他们在医院、学校等地的义工活动。其中有一本期刊，上面有一张杜克太太童年时的照片。穿着公主连衣裙、头上扎着漂亮发结的杜克太太正跟几位小朋友在医院为病人唱圣诞歌。看得出来，那是杜克太太童年一段非常美好的回忆。

在那些期刊以及众多照片中，有一本已经磨掉了边角的书显得极有质感和厚重感。书的封面是铁锈红色，画面是一个巨大的石龟，石龟的背上竖着一块石碑，写着"Nördliche China"（中国北部），作者是 Ferdinand Freiherrvon Richthofen（费迪南·冯·李希霍芬）。直到很多年后的今天，我才知道，享誉世界的"丝绸之路"原来就是这位德国人命名的。

杜克太太告诉我，她父母在去中国的路上，一直带着这本书，他们最初计划按书上标注的线路安排所有行程，但很快发现，这条由地理学家描述的"丝绸之路"带有更多的地理元素。而作为商人，她父亲更感兴趣的是这条"丝绸之路"的商业价值；她母亲更感兴趣的是这条"丝绸之路"的文化传播和基督教文明的传播意义。因此，在通往"丝绸之路"的行程计划中，她父母做了不少变通。而杜克太太正是在这个变通中来到了人世。

杜克太太遗传了她母亲善于绘画的天赋。她在一幅幅白绢绸布上画出的花草虫鱼栩栩如生。中国山水在她的笔下，色彩淡雅，清丽迷人。

1937年卢沟桥事变之后，中国进入全面抗战，局势很不稳定。1938年冬天，他们全家动身回德国。一路辗转好几个月，直到1939年春天才抵达德国。没几个月，德国进攻波兰，第二次世界大战爆发。杜克太太的父亲也被征兵入伍，上了前线战场。他在战争中失去了左臂。所幸，没有把生命也丢在战场上。

20世纪50年代中期，风华正茂的杜克太太因为痴迷丝绸绘画，计划再来一次"丝绸之路"旅行。但那时抗美援朝战争结束不久，西方全面制裁和孤立中国，导致杜克太太的愿望未能实现。不过，后来她绕道西亚开始这段行程。也就是在那次旅程中，她邂逅了同样对"丝绸之路"文化感兴趣的杜克先生，两人一道同行，最后结为伉俪。

"我是丝绸之路的受益者。丝绸之路改变了很多人的生活轨迹，不是吗？"杜克太太说。

在杜克太太家的客厅里，我们一边翻看着过去的照片和期刊，一边听杜克太太讲"那过去的事情"。杜克先生一直在楼上，没有露面。在我们起身告别时，他从楼上下来，非常客气礼貌、但很有距离感地跟我握了握手，没有一丝笑意。那一刻，我注意到杜克太太脸上掠过一丝不易察觉的尴尬。

那时我在德国生活的时间还不长，对德国人的脸色和态度异常敏感。而且，动不动就把个人的态度迅速上升到国家和民族的层面，从而转化成极度的自尊。本来，按礼尚往来，我应该回请杜克太太。但杜克先生那毫无笑意的脸，那礼貌而有距离感的握手，阻挡了我的好奇和热情，成了我与杜克太太进一步交往的屏障。我终究没给杜克太太打那个回请的电话。

第二年，杜克太太打来电话，邀请我去参加一个与丝绸文化有关的活动，遗憾的是我已定下了回中国探亲的行程，与那次活动失之交臂。

又是几年之后，我开始写作，想到该把杜克太太以及她的家族与中国之间的故事写一写。电话几次打过去，却一直无人接听。事情一搁，又是几年。

直到去年，因要写一篇与"丝绸之路"有关的文章，我直接到杜克太太家去按门铃，却被邻居告知，杜克太太三年前就已经去世了。她先生卖掉了这座房子，已搬到养老院去住了。

怅然若失之后，我想到了那些收藏品。不知后来都落到了谁的手中。杜克太太的后代们毫无在中国生活的经历，他们会像杜克太太一样珍视和保存这些收藏品吗？我也对自己以往过度的自尊和狭隘而懊悔，失去了与这位热情开朗健谈的"丝绸之路的女儿"进一步深入交往的机会。

说到底，我们自己何尝不是"丝绸之路的受益者"呢？

1990 年，柏林墙倒下不久，我先生坐上了北京途经二连浩特、莫斯科前往柏林的国际列车。那时，他描写沿途的风景，叙述一路的经历和感悟，却丝毫未意识到这条路与"丝绸之路"的关联。直到多年之后，当我们在德国创建自己的公司，选择将丝绸作为主打产品，当我们成功地将中国丝绸产品打进欧洲多家跨国超市，当丝绸产品成为我们最初在德国安身立命的重要载体，我们才意识到，

"丝绸之路"带给我们"开放、走出去"的观念，是怎样改变了我们的生活和命运。

公元前 2 世纪，汉武帝派遣张骞出使西域时，对这前无古人的壮举并未想到在政治上、经济上或文化上给出一个"划时代"的命名。后来，一代又一代的中外商人，沿着这条线路，用他们的双脚，拓展了中国通往西方的商贸之道。就像天文学家发现行星、物理学家发现物理定律一样，德国地质学家费迪南·冯·李希霍芬发现并考察了这条商贸之路，并从学术的高度将其命名为"丝绸之路"时，这条已经存在了上千年的商贸之路，才有了自己响当当的名字和内涵，从而影响了一大批像杜克太太父亲一样的西方人。"丝绸之路"如一条纽带，将万里之遥的中国与德国联系在了一起。

最近，牛津大学学者彼得·弗兰科潘的著作《丝绸之路：一部全新的世界史》在西方引起广泛关注。他用散文一般的笔法将张骞通西域、亚历山大东征、罗马帝国崛起、波斯帝国辉煌、基督教和伊斯兰教的斗争、十字军的东征、成吉思汗的西征、美洲大发现、明代《金瓶梅》等文学的出现、王阳明心学的繁盛、第一次世界大战、第二次世界大战、美苏冷战、中东战争、阿富汗战争、伊拉克战争、9·11 事件、"一带一路"等事件串联在一起，为我们带来了一部包罗万象的史诗级巨著。从中，我们不仅可以看到人类的过去，也可以看到世界的未来。可以毫不夸张地说，"丝绸之路"的历史就是一部浓缩的全球通史、一部人类简史。

杜克太太说得对，"丝绸之路改变了很多人的生活轨迹"。可以预见，未来也将会有更多的人从中受益。不是吗？

闲话德国"没忌讳"

以前，从书本中只鳞片爪地得知，在西方，询问妇女年龄是犯忌的。到了德国后发现，好像并不绝对如此。在不同场合，被不同性别、不同年龄、不同熟知程度的人很自然地问及芳龄，对我来说不是件稀罕事。电视上，有些被采访的女性提及自己年龄，就像自报家门，一点儿也不忌讳。

小时候常听大人们说，过年团聚、操办喜事，打破盘子摔碎碗，是件非常犯忌的事，因为这暗合了"破碎"之意。德国人呢，正相反，新人结婚，亲戚朋友的祝愿方式，就是使着劲儿地朝地上摔盘子打碗，一点儿也不觉得那"破碎"有啥犯忌。

说起来的确叫人难以置信，德国人很有教养，却没忌讳。如果没有一定的心理准备，准会被弄得不知所措，哭笑不得。

记得刚到德国后的第一个夏天，我们一家到市郊的一个天然湖去游泳。没承想，换泳装时一不小心误进了"伊甸园"——一大群男男女女、老老少少，一丝不挂地在湖边或躺或坐、或趴或立、或打球或散步，怡然悠闲、舒展自在地接受着阳光的沐浴。这大概就是人们说的自由裸体文化吧？正疑惑间，一位赤身裸体的老头儿挺着国王似的大肚子迎了过来，彬彬有礼、绅士风度十足地对我说："姑娘，你应该脱光了衣服再进来。看，就像我一样！"惊得我目瞪口呆，愣在那儿半天不知该如何是好。

不管怎么说，这一类的"没忌讳"，多少还可以让人理解，有些则无论如何很难叫人接受了。

一次，我去参加在杜塞尔多夫市举办的国际服装博览会。进了大厅没走几步，一抬眼，冷不丁被吓了一大跳：白色幔帐，黑纱飘飘，宝蓝色的花朵点缀在盏盏摇曳着的烛光之间。心想，不会是走错了地方吧？这哪是什么展台，简直就是座灵堂嘛！停住脚步定睛瞧去，但见里面人头攒动，一派兴旺。禁不住哑然失笑——这展台要是搬到中国去，还能做生意？！

我的邻居米勒先生为了迎接传统的喜庆节日"射击节"，特地在自家门前的街道上做了一番隆重布置：松柏枝编成巨大的门环，门环上扎满白花黑花。朋友们第一次从国内来，见了这阵势，宁可绕着弯子走远路，说什么也不肯从那"大门"下经过——好不容易出趟国，总想讨点儿吉利吧？谁愿意往那奔丧似的地方钻？

车头挂着白花，车顶飘着白纱，在中国人眼里，那是送葬的灵车。可到了德国，那是接新娘的喜车。不知那些嫁给德国人的中国姑娘，有谁愿坐这样的"喜车"？

对颜色没忌讳，择房而居也没忌讳。

我孩子的好朋友迈克家，就住在墓地旁，而她邻居家的小屋，就脸对脸地正冲着墓地大门。不管迷信不迷信，反正我不愿意孩子老上她家去。那房子怎么瞧着都不对劲儿。迈克的父亲不正是住进这房子后，在一次莫名其妙的车祸中丧生的吗？

一天，我跟迈克的母亲聊起中国的"风水说"。她像听天外来客说天方夜谭，瞪着吃惊的眼睛说，当初选中这座房子，正是看中了它紧靠着墓地呀！瞧瞧，墓地像花圃，似公园，美丽又安静，那周围的房子行情看涨，打着灯笼都难找呢！

是啊，德国本来就没有"风水"一说。房屋不讲座向，大门不分西东。许多人买地置房，偏偏热衷于往墓地靠，还美其名曰"有世上最好的邻居"，并以此为炫耀。如果卖房，这一点也作为优势，特别向买主推荐，丝毫不觉有何不妥。当初我们买房时，就碰到过这种事。

卖主楼上楼下、房前院后地引领我们参观，庭院漂亮，房子宽敞，价格也挺合适。正有点儿动心，卖主又介绍了："这房子天时地利人和。你们看看，对面就是墓地，多美呀！"紧接着，他按德国思维，滔滔不绝地对我们大讲一通紧靠着墓地的种种好处，不像卖房，倒像卖墓地，叫我们大开眼界：世界上居然有这么卖房子的！

对数字，德国人同样没忌讳。

"4"在中国香港、台湾以及大陆部分地区，是个叫人忌讳也唯恐避之不及的数字，可在德国，偏偏挺受欢迎。因为德语里，"4"跟"多"同音。德国人似乎不懂得对数字挑三拣四，申请车牌，安装电话，轮到哪个算哪个。倒是对中国人花天价去争购一嘟噜葡萄似的"8"，不少德国人觉得不可思议、难以理喻："8"有什么好？既不算最大，也不属最小，而且还跟德语里的"注意""留神"同音，即便是中文，听上去也像开枪射击。干吗花那么多钱去买"警告"、受"枪击"？

在德国，看见车牌号或电话号码冰糖葫芦似的串着一溜儿"8"，不用问，那十有八九是中国人的。不过，在当地人眼里，那既不象征身份，也不表明财力，因为，申请这样的号码不难也不贵，只要多交几十欧元的"愿望费"就行。

当然，德国人并非百分之百没忌讳。比如：送礼物时把价格留在礼品上、指点东西时伸着中指、四人握手时十字交叉……在他们看来，这都是犯忌的事。可这些"忌讳"并非德国人所独有，欧洲其他国家也如是。

难道，德国人就没有自己的"独家忌讳"？

我的答案是：当然有！不过，这忌讳一眼看不见，而需要长期慢慢体会。

莱茵河畔

直到晚上 11 点钟，太阳才很不情愿地收起了最后一抹余晖。

靠近科布伦茨莱茵河畔的露营地上，远处、近处，星星点点的烛光和隐隐约约的烧烤火苗，像快乐跳动的音符，闪闪烁烁，轻盈起舞。

从西班牙年轻人的帐篷那边，传来阵阵歌声、笑声、音乐声——他们的 Party 还没结束。

黑暗中，躺在下午刚搭好的帐篷中，我却辗转反侧，无法入睡。

午夜时分。

确定孩子们已经睡熟，我悄悄起身，出了帐篷。

丈夫默默跟了出来，搂着我的肩，示意在他身边坐下。

两人都没说话。

空气中飘着青草的丝丝清香，草地上，不知名的小白花在微风中轻摇曼舞，莱茵河水在月光下泛着静谧的幽光。年轻人的 Party 已经结束，欢声笑语渐渐平息，一首黑箫抒情曲缓缓悠扬地从帐篷里响起，仿佛天籁之音。

头靠着丈夫的肩膀，我的心，突然被一种莫名的柔情所充盈，像被水渐渐浸润的宣纸，泪水一点点漫上了双眼。

已经很久很久没有感受到这种由大自然、由音乐带给人心灵的感动和抚慰了！

这些年，在国内游过不少名胜古迹。那些旅游景点，那些被游记、散文、诗词、歌曲渲染美化的地方，何曾让漂泊的心有过如此的感动？

正冥思乱想间，突然感到被丈夫搂着肩膀的手臂紧了紧："你看！那边！"

顺着他的目光看去，只见一个黑影，从停在露营地一旁的家庭旅游房车上下来，蹑手蹑脚地朝河边西班牙年轻人的帐篷走去。从身影看出，是德国老头儿的女儿。

紧接着，又一个黑影从房车上跟了下来，快速朝另一个方向抄了过去。一看便知，是德国老头儿。

"你这是要去哪儿呢？我亲爱的女儿？"德国老头儿正好在离我们十几步远的地方将他女儿拦住，话音里带着明显的笑意。

"噢！天啊！"女儿吓了一大跳，一副事情败露后的无可奈何，"我想……我想去散散步。"

"散步？一个人？"老头儿问。

女儿没说话。

"要不要我陪陪？"仍然是带着笑意的声音。

"不，不！"女儿的声音却透着明显的不耐烦，"我只想一个人走走！"

"可我担心，你一不小心，钻到那西班牙小伙子的帐篷里去了！"

女儿绝望地叫着："天啊！什么都瞒不过你！"

"尤其在这种事儿上！"那声音，带着掩饰不住的得意。

"那你应该知道，我爱他！"女儿义无反顾地说，"他明天——哦！不！是今天——就要离开这儿了！"

"别担心！等睡醒了，他会回来找你的！"老头儿很肯定地说。

"你怎么知道？"

"很简单，我是男人，我也年轻过。"

"那不一样！"

"有什么两样？他爱你，就一定会来找你。"

"他爱我？他还没这么跟我说呢！"

"还用说吗？我都看见了，他是怎么吻你的！"

"可是……"

"好了，亲爱的女儿，回到你自己的床上去吧！你们才刚刚认识两天。别忘了，做任何事情，都要有限度和分寸，否则，就会出问题。"

"又来了！又是你那套'限度'和'分寸'！我现在没兴趣听你说这个！"

"噢！真不幸！像你这个年龄，我也这么对我的父母说过。"

"我只是过去看看，难道不行吗？"

"如果我没记错，我们的《家庭守则》上写着：孩子参加 Party，原则上晚上 12 点之前必须回家。你看，现在都深夜 2 点多了。"

"可现在是在度假！"

"守则上并没有注明，度假就可以例外呀！你应该遵守你自己签字认可的守则才对。"

"守则、守则！什么守则！"女儿气急败坏地叫道，"签字时，我才 12 岁，现在，我都 16 岁了！"

"有什么不同意见，可以回去后重新讨论，再改写嘛。"

"你以为，我还会签字吗？我才不会作茧自缚了呢！"

"那是你的事儿！国有国法，家有家规，这你不反对吧？我只想提醒你，回到自己的床上去吧，现在是该睡觉休息的时候。"

"好，好！"女儿一甩手，跺着脚，"我这就回到床上去！去睡那该死的觉！"

"这就对了！走吧！"老头儿搂着女儿的肩，一块儿向房车走去。

父女俩渐行渐远的背影，让我瞬间恍然：教育子女方面，德国父母原来也有自己坚持的原则。而这种坚持，还可以有另一种方式。

度假之后，我们是不是也该有个《家庭守则》出炉？

在跳蚤市场看到的一幕

跳蚤市场一摊位，德国女人把要卖的旧衣服叠得整整齐齐，一摞一摞摆在摊位桌上。这时，过来三个人：一个德国老头儿，一个亚洲女人（本人），一个非洲女人。

非洲女人上去，把那一摞摞摆放好的衣服一件件抖落开来，看后随手扔在一边。不到半分钟，摊位一片狼藉。一件抖落开的衣服落在了地上，非洲女人并不弯腰去捡，而是接着在摊位上东翻西翻。一旁的德国老头儿忍不住，提醒道："太太，您不能把东西搞得这么乱。您应该把掉在地上的衣服捡起来。因为，你不要，别人有可能还需要。"

德国老头儿先用德语说了一遍，非洲女人置若罔闻。老头儿便用英语又说了一遍。非洲女人用十分流利的德语回道："我听得懂德文！用不着你来教训我！"

老头儿态度温和地说："我不是教训您，而是提醒您。告诉您正确的做法。另外，按德语习惯用语，您称呼别人应该用尊称'您'，而不是用'你'。这是起码的礼貌。"

非洲女人态度僵硬地说："我又不是小孩，用得着你来教育吗？"

德国老头儿说："您做错了，难道别人还不能提醒吗？"

非洲女人顿时火冒三丈，把手上拿着的衣服一摔："你以为我是难民吗？用得着你来对我指手画脚吗？告诉你，我不是难民！你没资格对我说三道四！"

老头儿说："这跟难民有什么关系？您错了，就应该改过来。知道吗？"

两人开始激烈争执，引得周围的人都纷纷过来观看。

非洲女人开始对德国老头儿破口大骂："我再告诉你一遍，我不是难民！你这个管闲事的猪！恶臭！回家去，洗了澡再来跟我说话！"

德国老头儿气得满脸涨红，直着喉咙喊："滚！滚出德国去！"

奇怪的一幕发生了：周围聚拢过来的人，一听到这振聋发聩的句子，突然像躲避瘟疫，一下四散开来。没人再听老头儿对事情缘由的诉说。只留下我这个亚裔面孔的人，站在那儿，听老头儿解释。而事实上，我从头到尾看见了事情的经过。如果不是德国老头儿提醒，我也会忍不住说那非洲女人几句的。让我诧异的，不是德国老头儿与非洲女人的争执，而是听到老头儿"滚出德国去"的叫喊后，周围人的反应。

"排外"，在德国是个非常敏感的话题。德国"二战"后的反思是全面的、深刻的。人道主义、人文关怀的教育已深入人心。这次，在难民潮面前，德国所表现出来的担当精神和人道主义情怀，为这个国家树立了积极正面、崇高的形象。

德国付出了很多，却总伴随着批评和负面报道。那位非洲女人的情绪，或许不是空穴来风。但她对德国老头儿的粗暴言辞和态度以及事情发生后德国人的回避态度，让人疑惑：到底谁是这国土上的主人？

一不小心，我居然成了"情人"

到银行去办事，非常意外地碰到了十几年前的邻居莎碧娜。

说实在的，如果不是她先叫我，我还真没认出她来。

眼前的莎碧娜一身得体的职业装，一头短发干净利落，举手投足之间透着精明强干，与十几年前完全判若两人。见我进门，她从那间单人办公室里的办公桌后站起身，热情地迎过来，跟我握手。

跟她握着手，我脸上的笑完全是礼貌性的——我根本就没认出她来。

"怎么，不认识我了？"她问。

我定睛看了看她，觉得有点儿眼熟，却一时想不起来是谁。

"我是莎碧娜，你原来的邻居。X街，就住在你楼上。"她提醒道。

我顿时恍然大悟。

十几年前，我在V市，住在一套租来的公寓房里。莎碧娜那时还是大学生，和她的男朋友就住在我楼上。

记得有天傍晚，有人按我们家门铃。打开房门一看，是莎碧娜。

"对不起！打扰一下。明晚我们有个生日Party，会有点儿吵，到夜里12点结束。我知道你家有Baby，所以特来打声招呼。"莎碧娜客气地说。

"没关系！没关系！"我也客气回应。

那天晚上，音乐人声嘈杂，Party非常热闹。不过，一到12点，一切立刻归于安静。

第二天，莎碧娜特意上门，送给我小女儿一个塑料小鸭子，为头天晚上的"骚扰"致歉。我对莎碧娜印象极好，觉得她是个很有礼貌、很有教养的女孩。

莎碧娜和她的男友有时晚出晚归，有时早出早归，作息时间不定。所以，做了两年邻居，我跟他们很少打照面。

后来发生的一件事情，让我对莎碧娜充满了感激。

那时，我小女儿刚学会走路。只要睡醒了，就穿着那双鞋底带着小鸭子"嘎嘎嘎"叫声的童鞋在楼下草地上走来走去。

有一天，我正在地下室晾衣服，忽听见有人在高声大气地叫我。忙上到一楼，看见莎碧娜抱着我的小女儿，正站在我家门口。她刚从街上把我女儿"捡"了回来。

原来，我到地下室去，随手关上了家门，但没反锁上。小女儿睡醒后，下床走到门后，一扳门锁，打开了家门。没穿鞋子，走了出去。一会儿工夫，居然扭搭扭搭走到大马路上去了。幸好被开车回家的莎碧娜看见，赶紧停下车子，把孩子抱了回来。

一想到街上来来往往、川流不息的汽车，不禁让我吓出一身冷汗。

我决定好好答谢莎碧娜，请她和她男朋友到家来吃顿饭。没想到，邀请还没来得及发出，莎碧娜就搬走了——她跟男朋友分手了。

之后不久，我们买了属于自己的房子，也搬出了那栋公寓房。

没想到，十几年后，在银行里我们不期而遇！

相互寒暄、简单聊了各自这十几年的情况后，莎碧娜问我："你结婚了？"

我一时怔愣在那儿，没明白她问话的意思。

"我是想问，你什么时候结婚的？"莎碧娜换了个角度问。

"到德国来之前，我就结婚了。怎么了？你为什么问这个？"我被她的问题弄得一头雾水。

莎碧娜笑了起来："以前你家的门铃和信箱上写着两个姓氏，我还一直以为，你是未婚同居者呢！再说，看上去你比你丈夫年龄小一轮，两个孩子相差十几岁。你不像是妻子，倒更像是你丈夫的……"

我一听，忍不住哈哈大笑了起来。

在德国，结了婚的女人大多改跟丈夫姓，所以门铃、信箱上，往往只有夫家一个姓，就像中国以前出嫁的女子改成夫姓一样。如果门铃、信箱上是两个姓，一般表明是未婚同居。

十几年前，还没有电子邮件。国内来信，写着我的名字，我家信箱上当然必须标上我的姓名。想不到这一点没"入乡随俗"，竟然让邻居以为我是"情人"！

骑自行车上下班的市长

这个星期，天气奇好，阳光灿烂。

早上到小镇超市买东西。出门后，忽见一位西装革履、骑着自行车的人对我招手打招呼。定睛一看，原来是我们市长。

一般来说，骑自行车的人要么一身运动行头，要么一身休闲装。打着领带、西装笔挺地骑自行车，有些不伦不类。而我们市长，偏偏就是这个"不伦不类"——他几乎一年四季西装革履地骑着自行车上下班，骑着自行车四处转悠，逢人就打招呼。这已成了我们小镇的一道独有风景。

小镇上几乎无人不认识这位市长。他和德国总理默克尔同党派，是我们的地方党主席。在前年的换届选举中，他以绝对优势毫无悬念地连续当选市长，成为我们小镇连续任职时间最长的市长。

我第一次见到这位市长，是在我们搬到小镇不久。

当时小镇举办"城市节"。当地报上发布通知，孩子们可以免费参加"儿童跳蚤市场"。也就是说，在节日这一天，孩子们可以把自己用过的、不再需要的东西拿到指定的场地去卖，不用付摊位费。我们家正好有些孩子用过的东西需要处理掉，便借机掺和了进去。

那天，大人孩子正热热闹闹地在跳市上忙着，这时过来一个人，热情地跟我打招呼。然后问我是日本人、泰国人、越南人还是中国人。这样，我们聊了起来。当时，我以为他只是儿童跳蚤市场某个孩子的家长。直到第二天，看到报上刊登的消息和市长的照片以及致辞，才发现，原来昨天跟我"亲切交谈"的竟是我们市长！

后来，喜欢外出骑自行车的我，时不时会在街头或某个地方不期然地碰到同样骑着自行车的市长。每次，他都会热情地跟我打招呼。起初我以为，大概是因为我的中国面孔，或是因为我在小镇文理中学（也是这位市长的母校）教中文的缘故。后来发现，其实，市长见到谁都会打招呼。即便他不跟别人招呼，别人也会跟他打招呼——谁不认识平易近人的市长呀？

市长是地道的小镇人。他祖上是大户地主，在我们这个片区至今还有个规模不小的农庄。在小镇出生，在小镇长大，让市长对小镇充满了感情。他熟悉小镇的一树一石、一草一木。哪一条遛狗散步的小路旁该安装一条长椅，哪一个交通道口该完善交通标志，哪所幼儿园该扩大一点儿规模，市长全都了然于胸。

不过，别以为市长只是个婆婆妈妈、只管小事、不抓大事的主儿。要知道，这位市长其实是一位很有战略眼光的领导。

刚到德国时，我住在北莱茵州首府杜塞尔多夫市。这座城市，是日本公司在欧洲的大本营。我的邻居，大多是驻扎在德国的日本大公司的高级职员。每天早上，我总看见这些高级白领们西装笔挺，开着高档轿车，从房前的街道缓缓驶出。搬到小镇后才发现，我的那些日本邻居们原来很多人到这个小镇来上班！

原来，我们小镇有三个大工业园区。一个是"一战""二战"后留下的，另两个是新建的。市长及他的同僚们早就知道招商引资的重要，给出不少优惠政策，把日本大公司基本都吸引到这儿来了。20

世纪 90 年代初，电脑行当兴起时，又吸引了一大批中国台湾商人到这儿来安营扎寨。现在随着中国大陆经济的不断发展，市长又把眼光转向了中国大陆企业。对所有与中国有关的事务都积极促进。他接见中国企业访问团，撮合德国中学与中国中学缔结友好关系，甚至连中文学习的事他都亲自写信、亲自过问。正因为他的前瞻眼光，让小镇抢占了很多先机。很多工作，在中国经济刚在国际上露出曙光的 20 世纪 90 年代初就开始了。否则，我们的公司也不会在十几年前离开繁华的大都市迁移到这个小镇来。

对市长骑着自行车上下班，小镇人早已习以为常，却让中国来的交换生们大吃一惊：市长怎么能骑自行车上下班呢？

几年前，我们当地报纸刊登了一则市长接见中国客人的报道。那些"中国客人"就是与本地学校缔结友好关系的国内中学生。报道重点提到了接见过程中，中国中学生们对市长骑自行车上下班的不解和惊讶。

"在中国，这是不可能的！市长怎么可能天天骑自行车上下班呢？这哪像市长啊？"他们连连惊叹地说。

中国学生们的惊奇，反过来引起了德国人的好奇："那你们认为，怎样才像市长？"

"起码，他要有秘书和专职司机。出门坐轿车。还应该跟普通民众保持距离。"这些中学生说。

我的邻居特意把这则报道拿给我看，笑着说："希望以后在这些中学生里能出一位市长。不过，不是认为应该跟民众保持距离、出门就该理所当然坐轿车的市长！"

其实，这些中学生们还不知道，不久前，这位市长到中国访问，回来不光做了报告，汇报他的访问成果，还一五一十地向大家交代了他的行程费用，包括在中国请人喝一杯绿茶花了多少钱。

我把这事讲给住在我家的中国交换生听。她觉得简直不可思议："请人喝杯茶还得向大家报告？"然后，撇撇嘴，很不屑地说："这样的市长，当得还有什么劲儿？"

垃圾场的变迁

下了州级公路，再穿过层层树林，步行 1 千米，便来到这个特殊的区域。

眼前的景色让人陶醉：三座巨大的丘陵山包，披着绿色的外衣，划着优美低缓的曲线，与周围景致浑然一体；供游人休闲散步的林间小路如一条丝带，在醉人的绿意中舒缓穿行，蜿蜒向前。新老交织的树丛，层层叠叠，铺翠染绿。小溪潺潺，哼着淙淙小调，迈着轻盈碎步，款款前行。空气清新得令人陶醉，让人流连忘返。

可是，谁能想到，几年前，这儿还是个巨大的垃圾场，每天分类处理、掩埋、焚烧着全市及周围几个县区成千上万吨的各类垃圾。而那三座巨大的丘陵山包，原来是三个巨大的深坑，堆装着这个地区三十多年所有的厨房生活垃圾。

六年前，我女儿所在的小学进行为期一周、主题为"环保教育"的 Projekt 活动。在这一周内，孩子们不仅学习环保基本知识，自己动手制作环保"小产品"，还详细了解垃圾的分类、分解和回收过程。最后，学校还组织孩子们参观了一座规模巨大的垃圾回收工厂。

作为协助老师照应孩子的家长，我也随着孩子一道参观了这座极具现代化的垃圾回收工厂，对德国严格高效的垃圾回收和环境保护措施，既震惊又感叹。

这座被树林层层包围着的垃圾回收工厂，从外面看像一座军事基地：大门设有岗哨，所有进出车辆都必须在入口处一个巨大的地秤上停留，经过称量和登记后才能入内。大门两旁的铁丝网将工厂与周围环境严格隔开。

工厂分为三大区域：一是回收处理棕色垃圾桶里的庭院植物垃圾，二是回收掩埋黑色垃圾桶里的厨房生活垃圾，三是分类处理黄色垃圾桶里的各类包装垃圾。

相对来说，回收处理庭院植物垃圾的过程机械化程度最高，也比较简单：只要将收来的植物垃圾投入巨大的粉碎机，再将粉碎后的植物垃圾与不同成分的化学肥料一起搅拌，堆成一座座小山，留待一段时间起化学反应，渐渐变成黝黑的植物农家肥。这些植物农家肥装入密封的塑料袋中后，就可进入销售渠道——家家户户在超市买到的各类蔬果、花卉的肥料和土质，就来自这里。

而分类处理厨房生活垃圾和各类包装垃圾，则投入了一定的人力：收来的垃圾，都必须进入一个长长的传输带。传输带两端每隔20米就有一对工人，将混入垃圾中不能归类和回收的垃圾拣选出来，另做处理。

孩子们看到全副武装、穿着像宇航员的垃圾工人在垃圾传输带上再次将垃圾重新拣选和分类，都十分震惊。他们切切实实地明白，扔垃圾时，自己一个小小的、不经意的错误，将会给垃圾工人增加多少麻烦，增添多大的工作量！

经过垃圾工人检查清理后的厨房生活垃圾，经传输带源源不断地运进巨大的垃圾坑，等待掩埋。而那些各类包装垃圾，经过分类之后，分别进入不同的回收区域，或被送入工业炉中进行焚烧，或被重新加工利用。

垃圾场的负责人介绍说，这三个巨大的垃圾掩埋坑是40年前挖下的。当时，这里曾是砖瓦厂，许多房屋建筑的砖瓦煅烧泥土出自这里。经过多年的挖掘，逐渐形成巨大的土坑。之后，经政府有关部门评估、计算、讨论，决定在这里建一座垃圾场，巨大的深坑用来掩埋厨房生活垃圾。为了防止地下水遭污染，这三个巨大的深坑都经过了特殊处理，铺上了与地下水绝缘的物体。五年之后，深坑将被填满。到时，这儿将是铺上绿草、种上树木、充满田园风光的美丽丘陵区域。而这些山包下被掩埋的垃圾，若干年之后，将成为可以被重新利用的物资。

如今，这里已完全看不到昔日垃圾场的任何痕迹。青草碧绿，小溪流水，树木茂盛，清新养眼，像被一双无形的巨手精心打理过的美丽庭院。

并非百分之百都赞同

一般人认为，德国民众普遍环保意识很强，对太阳能、风能的推广应用，必定抱着积极响应和坚决支持的态度。而事实上，情况并非完全如此。

从我居住的小镇亲历的两件事，可以"窥一斑而见全豹"。

先说第一件事。

14 年前——确切地说是 1999 年，我们决定在德国买下属于自己的房子。经过千挑万选、反复对比之后，锁定了小镇正在建筑中的这栋房子。

在德国买全新房，有两种选择：一种是"交钥匙工程"，即，房子完全建好，只要搬进去住就行；另一种是"交房壳工程"，即，建筑商只负责盖好房屋外壳，里面的水电、装修完全由房主根据自己的爱好和意愿组织实施。

我们的房子是开发住宅小区中，十几栋新建房子之一。当地政府为了吸引年轻家庭，推出了种种优惠政策。安装太阳能，属于众多优惠政策中的一种。

从开始洽谈买房起，我们就不断收到来自开发商、太阳能供应商、水电安装公司有关安装太阳能的各种资讯。那时我们并不知道，我们小镇已被纳入全德"十万屋顶计划"。2000 年 4 月才开始在全德国实行的太阳能"税收返还"政策，我们小镇提前一年就实施了：

只要在自家屋顶上安装太阳能并将太阳能并入公用电力网格后，每千瓦时电力的输出将获得政府约 50 欧分的回报。不仅如此，当地政府还承诺，如果安装太阳能，那么，政府会以分期分批的方式，返还太阳能设备和安装费用。也就是说，前期，只要住户自己投入安装太阳能的设施费用，之后，政府会根据费用的多少，每年按一定比例返还，五年之后，将所有费用补发返还完毕。这相当于五年后，政府将一套太阳能设施无偿赠送给住户。要知道，一套太阳能设施，价格在 1 万到 5 万马克，是笔很不小的馈赠呢！天下上哪儿去找这样的好事？

这么好的政策，却出人意外地没有得到大家的积极响应。

问了几家新来住户，原因不外乎两种：一是觉得德国位居高纬度，日照时间并不多，安装太阳能意义不大；二是担心在屋顶安装太阳能，会形成看不见的电场或磁场，长此以往，影响健康。而且，一旦发生水灾或火灾，会非常危险。当然了，也有几家新住户直言不讳地说，目前手头很紧，一时拿不出钱，等过几年再说。结果，除了我家和另一家安装了太阳能，其他人家均未安装。

说实话，对是否安装太阳能，最初我们也很犹豫。主要是怀疑，太阳能究竟能发挥多大作用。毕竟，德国非常缺少日照，投入与产出能成正比吗？

最终促使我们下定决心的原因，主要还是政府提供的优惠政策。

与其坐等将来，不如把握现在——万一以后政策变了，这些优惠补贴都取消了，那岂不是坐失良机？再说，趁水电安装、装修进行的同时，一步到位，安装好太阳能，也免了今后再重新凿墙穿洞的麻烦。

但我们还是有所保留：只选择了供应自家房屋热水系统的太阳

能装置，而没选择加入公用发电并网的太阳能装置。

即便这个有保留的选择，也给我们带来了意想不到的效果：每年 4 月中旬我们就关掉煤气制暖，完全依赖屋顶太阳能，直到 10 月中旬才重新启动制暖煤气装置。整整半年时间，太阳能设备保障着整栋房屋的热水供应，保障着房屋一年四季 24℃ 的恒温（我们家是热水循环地暖），从未有误。一年平均下来，我们的生活附加费大大下降，比我们原来租住的小套间房便宜将近一半！

这时，我才发现，德国的太阳能设施其实也可称为光能设施——只要有光，屋顶太阳能就能制热——质量实在棒极了！

尝到太阳能的甜头之后，我几乎逢人便提太阳能的好处。

好笑的是，几年之后，当我们的邻居终于想通了，开始动手安装太阳能了，政府却取消了一部分补贴政策，其中包括那五年之内返还太阳能设施和安装的费用。有位邻居苦笑着对我说："政府送钱给你，却不肯送钱给我。"我呵呵笑着，心想，谁让你不把握时机呢？

现在，我们的邻居已经有一半安装了太阳能。但这个过程，持续了将近十年时间。

再说另一件事。

六年前，政府决定在我们小镇外围的田野上安装六个风力发电叶轮。在荷兰和其他地区，风力发电叶轮已是当地的标志性风景名片。但在我们小镇，却遭到了许多居民的反对。持不同观点的人在地方报纸上热烈讨论，各执一词。

支持者认为，这有利于环保，有利于推动当地经济。反对者认为，六个巨大的风轮突兀地竖立在风景如画的田野里，完全破坏了自然的田园风光，而且，离居民住宅区只有不到 2 千米，其产生的势能定会影响周围居民的生活。一些居民甚至联名写信，坚决反对政府的这一决定。持续了将近一年的争论，最后只好投票表决，支持者以微弱优势胜出。

日本大地震导致的核危机，让德国总理默克尔领导的政府在核能源的使用问题上来了一个180度的大转弯，决定加紧放弃使用核能源，计划投入大笔经费扩大再生能源的开发和利用。在还没有切实找到或开发出其他新的再生能源之前，太阳能和风能无疑是目前最佳的再生能源。

"两害相权取其轻。"与使用核能源所引发的灾难性后果相比，风力发电叶轮所产生的那一点儿负面影响算得了什么？

听说，最近当地政府又在酝酿，在另一开阔田野里再竖起几个风力发电叶轮。这回，当地居民的反对声几乎微乎其微，绝大多数人欣然接受政府的这个决定。

任何事情都有一个发展过程和被接受过程。太阳能和风能的开发和利用何尝不是如此呢？

芳　邻

十几年前，我们这片小区破土动工时，买房子的人，彼此之间都不认识。

在德国买新房，大体有两种形式：一种是交钥匙工程，即，房子全部做好，只要搬进去住就行；另一种是交毛坯房工程，即，建筑公司只负责把房屋外壳盖好，内部装修、水电安装等，全部由房主自己搞定。

我们的新邻居，大多是年轻家庭。为节省，也为将来房子内部装修更符合自己的喜好，大多邻居不约而同选择了买毛坯房。我们也不例外。

在共建家园的过程中，邻居之间渐渐相互认识和熟悉起来——除了我家，有四家来自巴基斯坦，其余十几家大多是德国本地人。

德国人像中国人一样，也有"远亲不如近邻"一说。买房人比租房人更注重邻里关系。房子进入装修阶段，我们便开始不断感受到来自德国邻居的热情。

左边邻居，与他老爹一街之隔。他老爹有个堪比军工厂的工具间，里面工具摆列整齐，应有尽有。这德国老爹特爱干活。不仅帮儿子，还经常过来问我们：有什么需要帮助的吗？

不用说，我家根本就没几样工具。干起活来，不是缺这就是少那。所以，每当这德国老爹来问我们时，都像天上下起了及时雨。

德国老爹不但借出我们所需的工具，还手把手地教我们如何使用。那些我们以前连见都没见过的各种工具，在他手下，像变魔术。等房子装修完毕，我们不亚于接受了一场职业培训。

德国老爹的太太出生在农庄，栽花种菜是行家里手，而我在这方面一窍不通。于是，德国老妈妈经常不请自到，教我如何选择不同的花色品种，如何种植蔬菜。有好几次，她甚至扛着锄头，替我清除院子里那些没来得及清理的杂草。她告诉我，杂草不除，不仅影响自家院子的美观，也会影响到邻居。因为，杂草野花一旦结籽，会飘洒到邻居家的院子里，给别人添麻烦。有了她的提醒，从此往后，我对自家院子的打理从不敢怠慢马虎。

右边邻居是一对德国年轻夫妇，动手能力非常强。因是本地人，特清楚当地情况。经常主动过来，向我们提供各种信息。比如，什么地方卖什么建材，哪家公司的产品价廉物美，等等，为我们节省了不少时间和费用。

作为答谢，我们请德国邻居来做客，用丰盛的中餐招待他们。渐渐地，邻居外出度假，会信任地把家中钥匙交给我们，委托我们帮着开开信箱、浇浇花草。反过来一样，每逢我们回国或外出度假，也会放心地把家中钥匙交给邻居。

所有邻居中，比较特殊的，是来自巴基斯坦的邻居。他们四家同时买下了两栋小屋，选择的是交钥匙工程。在所有邻居不亦乐乎忙着自家装修的时候，他们始终没有露面。直到有一天，这四家大人孩子浩浩荡荡入住，不凡的阵势，才让邻居们见到了他们的真面目。

巴基斯坦邻居显然来自富有阶层。男人们都开着奔驰高档大轿车，西装革履，油发锃亮。女人们穿着富有特色的巴基斯坦裙装，披着艳丽的长纱巾，云鬓高耸。孩子们从大到小，足有二十多个。女孩儿穿着漂亮的花裙，梳着可爱的发结。男孩子穿着西装吊带短裤，雪白的小衬衫领口还打着精致的蝴蝶结。

入住后没几天，两位巴基斯坦男主人非常客气地主动到我们家登门拜访。聊天中得知，他们在杜塞尔多夫市有自己的公司。在市里原本有很大的套间房，但上下左右的邻居嫌他们孩子太多太吵，三天两头敲他们家的门。到后来，邻居们居然不再向他们提抗议，而是直接把警察叫来解决问题。无奈，他们只好在近郊买下这独栋独院的房子，以避免邻居纠纷。

"德国人就是排外！"两位巴基斯坦男主人愤愤地总结道。

接着，他们大谈中巴两国的友好关系。还告诉我们，当初很快决定买下这房子，就是听说这里有中国邻居。中国人容易相处，让人感到亲切。最后，他们郑重其事地对我说，他们的太太都不会开车，今后有什么事情，还请我这个中国太太多帮忙。我自是满口答应。

过了两天，巴基斯坦邻居家 13 岁的大女孩来摁我家门铃，问，她母亲要到药店去取药，能不能现在开车送一下？哦，没问题。又过了两天，那女孩儿来问我，她母亲在超市买了不少饮料，能不能再开车帮忙拉一下？哦，当然，没问题。

巴基斯坦太太也是讲礼数的人。麻烦了我几次之后，便热情邀请我上门做客。

与我们的德国邻居相比，巴基斯坦邻居的确算是殷实人家。其房子的内部装修，都是高档建材。所铺地面，全是意大利进口的高级大理石和花岗岩石。热情的巴基斯坦太太给我放了一段当年她出嫁时豪华盛大的婚礼录像，我才知，原来，在巴基斯坦，他们属于当地的名门望族，是有头有脸的人物。

夏日的德国，草长莺飞，花木葱茏。邻居们打理着自家院子里的花草，却发现，巴基斯坦人家门前院子疏于打理，杂草丛生。于是，有德国邻居不仅提醒，还热情相帮，把巴基斯坦人家门前的杂草清理掉。一来二去，情况却毫无改观。邻居们开始背后嘀嘀咕咕。

一日，碰到西装革履、开着大奔驰下班回家的巴基斯坦男主人，我赶紧把邻居的意见向他转达。不料，这男主人很不屑地说：德国人也太爱管闲事了！我家地里的杂草，关他们什么事？我每天上班，周末做礼拜，哪有空闲时间？再说，这种事情，都是仆人做的。若在巴基斯坦，哪用得着我自己动手干这种事？！

或许是受了大人们的影响，巴基斯坦人家的孩子们对德国邻居都敬而远之，唯独对我家，十分热情友好。每次出门，时不时会碰见那些长得分不清谁是谁的男孩们，挥着小手大声对我喊：Hello！中国太太！中国太太！

不仅如此，他们还学着13岁大姐姐的样子，时不时来摁我家门铃。对我而言，这逐渐成了一种骚扰。一个下午，这些孩子来摁了六七次门铃。每次开门，就见大大小小七八个小男孩，挤成一堆，在门前站着，满脸灿烂地冲着我笑。我对他们反复说：没事请不要摁我家门铃！小男孩们依然笑着，好像压根儿没听懂我的话。找来他们13岁的姐姐，让她把我的话翻译过去。可事后，这些孩子依然故我，对我家的门铃情有独钟。

一天，快递公司上门送急件。以为又是这帮捣蛋的孩子摁门铃，于是不理睬。结果，差点儿误事。

终于，在一个上午被摁了十几次门铃之后，我忍无可忍。拽着其中一大一小两个孩子，让他们去摁自己家门铃。巴基斯坦太太出来开了门，我便把这段时间受到的骚扰告诉她，请她管教好这些孩子。话音未落，巴基斯坦太太抬手就劈头盖脸地痛打面前站着的小男孩。男孩被打得像陀螺，滴溜溜转。始料未及，我赶紧从告状者变成了拉架者。

家门前的苹果树，好不容易结了四个果儿。像宝贝似的，每天我都忍不住去看几眼。忽一日，发现才半个拳头大的苹果被巴基斯坦小孩揪掉了两个，当沙袋扔着玩儿。把我心疼得……

于是去摁巴基斯坦邻居门铃，请巴基斯坦太太告诉孩子，务必手下留情，别把我家树上仅存的两个果儿也揪掉了。像上次一样，巴基斯坦太太当着我的面，不由分说，劈手就痛打那玩苹果的孩子。我立马又从告状者变成了拉架者。

或许每次我这个中国太太在他们家门前出现，都会招致他们的一顿暴打，这些小男孩开始对我心存敌意。他们见了我，不再挥手喊Hello。我家前院的花，不是被揪掉花蕾，就是被扯掉花朵。

一天，我家先生在开着窗子的阁楼上，忽听见楼下嘭嘭一片响声，伸头一看，只见七八个巴基斯坦小男孩正用我家前院铺着的鹅卵石，猛砸我家刚买回的那辆新车。来不及穿鞋，我先生光着脚从楼上往下跑，边跑边失声喊：别砸！别砸！冲下楼，打开房门一看，崭新的、漆黑锃亮的大奔驰车，已被这些捣蛋的孩子砸出一个个麻子似的小白点儿。

我们感到，这种状况不能再持续下去。于是郑重其事跟巴基斯坦邻居男主人谈了一次，希望他们管教好自己的孩子。否则，这邻居没法再做下去。

德国邻居可没这套客气。巴基斯坦孩子在他家前院玩，他太太不出面阻止，却叫来警察，由警察勒令他们离开。并教育他们，未经同意，不得到别人私家领地去。

巴基斯坦人家门前依然常常杂草丛生。直到有一天，有邻居到小镇有关部门去告状。有关部门出面，勒令其清理杂草，不准影响整个小区环境，否则，将给予处罚。尽管后来巴基斯坦邻居请了园林工来定期打理院子，但邻居们都不再跟他们来往。最后，他们把孩子们一股脑儿地送回了巴基斯坦，去读昂贵的私立学校。只留下几个男主人，在德国打理他们的公司。

每当说起德国邻居，巴基斯坦男主人还是那句愤愤的结论：德国人就是排外！

我却想问：都是别人的问题吗？

德国法院婆婆妈妈的判决案例

德国是个法制社会。各种各样的法律条例用"多如牛毛"来形容一点儿也不为过。尽管如此，这貌似"天网恢恢疏而不漏"的严密，还是难免挂一漏万，露出死角。这时，案例制就可发挥不可替代的作用。

所谓案例制，就是法院对某个特殊案件做出判决。该判决将作为样板，作为以后所有类似案件的判决依据。

每当有这种"样板案例"出现时，相关媒体就会做出报道。

这几年，除了杜伊斯堡音乐节发生一起人踩人的拥挤事件，造成人员伤亡之外，德国几乎没出现其他人命关天的大案要案。可是，律师照常营业，法院照常运作。他们都在忙些什么？

最近，在德国杂志上看到几个案例，觉得非常有趣。写出来，供大家一乐。

德国人爱打官司。一点儿屁大的事儿、在我们中国人看来根本就不是问题的问题，会被他们兴师动众、正儿八经地告到法院去。这一方面说明，德国人法律意识很强，懂得运用法律维护自己的利益；另一方面也显示德国人处理解决日常问题的能力不够强，太缺乏弹性。

那些鸡毛蒜皮、不足挂齿的事，德国法院居然会受理，而且作为案例，一板一眼地公布出来。判决的结果，往往幽默风趣，让人忍俊不禁。

案例一：某德国男士携家眷到南部度假。但一天后，这位男士离开了事先预定好的酒店，声称终止跟这家酒店的合同。原因是，这家酒店的床不合规格，只有 1.98 米长（大概也只有德国人会这么精确地丈量床的尺寸吧），导致他腿不能伸直，整晚没能睡好觉，因为这位男士身高 2 米。这位男士不但不支付酒店的费用，还反过来把酒店告上了法庭。

法庭在多如牛毛的法律条例中，找不到有关睡床是 1.98 米、给住客造成不便时该如何判决的法律依据，只能作为特殊案例，进行裁决。

法院进行了受理。判决结果是：原告不能因为床短了 2 厘米（通常一般睡床为 2 米长）就终止与被告的合同。如果有身高的特殊要求，那么，可以事先向酒店说明，若酒店不能满足客人要求，那么，可以采取降价至 25% 的方式，补偿给客人带来的不便。由于原告没有事先向酒店提出身高、床位的特殊要求，所以，原告虽在酒店只住了一天，但还是必须按合同支付全部费用。

最后，法院还一本正经地向原告提出了具体解决问题的办法：可以在床尾放一个跟床一般高的、有四条腿的、稳固的物件，然后再把腿伸直、把脚放上去，这样就可以睡个安稳觉了。

读到这儿，差点儿没让我笑得喷饭：德国人怎么连这么简单的一招都想不到，还得等法院的法官们来耳提面命，教他如何变通？

问题是，那"四条腿的、稳固的对象"到底是什么？凳子、椅子还是桌子？要是都不能跟床一般高呢？或者，床脚有挡板，即便放了四条腿的物件也无济于事，那该怎么办？是不是得反过来告法院的法官们，那"馊主意"还是害得他们伸不直腿、睡不好觉？

案例二：一德国男士雨天在街道上行走，被一辆驶过的汽车溅了一身泥水。事后，这位男士把这辆车的主人告上了法庭。理由是，这位男士把溅有泥水的外套拿到干洗店，花了 39 欧元。他认为，这费用应该由车主支付，正因为车主行驶速度太快，才导致泥水溅了他一身。

在德国，车辆有礼让行人的传统。因此，这个被溅了一身泥水的男士状告车主，看上去颇有道理。

法庭经过调查后，裁定：被告车主是按正常速度在城里行驶，因此，不必支付原告的干洗费。

最后，法官的一句反诘语，不乏幽默风趣：如果下雨天所有车辆为避免溅起泥水而必须以散步的速度行驶，那城中交通岂不要瘫痪？

德国如何动员民众

有人说，德国人缺乏幽默，却擅长发牢骚。很多问题，都在发牢骚中解决。这话听起来有点儿偏颇，却有几分道理。

翻开德国报刊杂志，你很难发现板着面孔、一本正经的宣传教育。而批评、发牢骚的文章倒屡见不鲜，时有所见。

昨天扔垃圾时，无意间在废纸堆中看到当地报纸头版刊登的一篇文章。读后忍俊不禁。

这是当地一位名望人士写的文章，目的是提醒大家别忘了参加5月25日周末的欧洲议会大选和地区选举。换句话说，就是号召大家发扬"当家做主"的主人翁精神，积极参与投票。

现在来看看，这德国报纸是怎么通过名望人士来撰文动员大家的。

三件事情！

今天，我必须对三件事情发表意见。当然，今天的选举放在第一位。

第一件：别忘了去参加选举。今天，我们有机会在自己家门口做一件足以改变德国、改变欧洲的事。每逢此时，都少不了这样的陈词滥调：每一张选票都很重要！出于抗议不去参加选举，当然会失去机会。事实上，我本人很少参与政治，觉得很多地方都存在着问题。但不去参加选举，对我来说是根本不可能的事！对我们大家来说，今天意味着：去参加选举！

第二件：选举广告。让我感到生气的不光是这次选举，还有之前的选举广告。那些大幅广告有多少严肃性和真实性？所用的词语为何都是空洞言词、敦促告诫、劝告提醒？究竟想激发谁的积极性？我看见一幅大型广告：一位年轻女性搂着一个孩子。这是给稳固欧元做广告，还是给稳定欧洲做宣传？毫无疑问，这位年轻女性并没什么担忧。这（广告）压根儿没做到点子上！人们必须综合评估，这次竞选活动究竟花费了多少经费？总数只能是大约。我想问，政权、政党、政治家们是否把钱更好地用到了社会所需的地方？做了更多有意义的事情？

第三件：关于天气。说真的，联邦德国的气象工作者们全都喝多了，要不，就是气象卫星出故障了。那天气预报，都是用放在玻璃罐中的青蛙搞出来的？（注：很早以前，德国有把青蛙放在玻璃罐中来预测天气的习俗。青蛙待在玻璃罐中不动，预示天阴；青蛙若顺着玻璃罐中的小爬梯往上爬，预示天晴。）星期三哪有30℃？星期四晚上哪有倾盆大雨？星期四上午收音机里广播地区天气预报"薄云，阳光会穿透云层。傍晚有雨"。奇怪：星期四从我的客厅窗口向外望去，看见的是厚重的云层和噼噼啪啪的雨点。说实话，这种水平的天气预报，我也可以做！让我来预报：天气将变好……

亲爱的读者，祝你有个美好的、阳光的、休闲的星期天。当然，别忘了：去投票，去选举！

一篇"动员令"，看上去牢骚满腹，怪话连篇。奇怪的是，似乎很得人心，很有市场。

据事后统计，我们这个地区的投票率很高。

顺便说一下，那天我没读报纸，因而没看到这篇"动员令"，结果忘了去参加选举……

谁是小镇"美容师"

在德国生活这些年，去过无数大大小小乡村小镇。

我觉得，德国乡村小镇浓缩了人间无数精华，是最有风情、最有底蕴、最适合人类居住的地方。

千姿百态、各具特色的居家小屋及整体环境，显示了德国人高超的建筑理念、不同凡响的审美趣味以及对美好生活的精心营造和细心呵护。

漫步在德国的乡村小镇，很少看到破败和脏乱。那随处可见的美丽和风情，常常让我惊讶：德国人怎么把马克思主义理论中的"三大差别"之一——城乡差别——缩小到了如此不易分别的程度？

我也居住在小镇上。这个由历史上5个自然村所组成的小镇，在发展的同时，始终保持着原有的乡间特色——村与村之间，是大片的苹果园、梨子园、草莓地、玉米地、土豆地、胡萝卜地，等等。孩子们上学、大人们遛狗，都穿行在这些田地之间。小镇的地理位置得天独厚：恰好处在3个大城市的中间地区，属于闹中取静之地。驱车上高速公路，抵达周围任何一座城市，只需十几、二十分钟。因为这个原因，小镇被称为"金三角地区"，也被冠以"城市后花园"的美名。

小镇四季景色不同，空气清新宜人。这个普通的德国小镇，就像我所见过的德国千千万万普通得不能再普通的小镇一样，干净、整洁、宁静。朴素中透着风情，整洁中带着浪漫。

但凡国内朋友来我家做客，无一例外地，我都会带他们到我们小镇四处走走，到处看看。而国内朋友转过之后，也无一例外地，都会对小镇处处透露出的整洁干净赞不绝口，更对小镇家家户户门前窗口的精心布局和艺术情调惊叹不已。

漫步在小镇的大街小巷，犹如置身于移步易景的画廊之中：家家门口窗前像一幅幅景色不同的画，户户前庭后院似一座座精心打理的花园。举起相机，随处都是美丽的镜头。

小镇为何如此干净美丽、充满风情？

几年前，两位到波鸿进修的国内牙科医生来我家做客。酒足饭饱之后，照例，我带着他们到小镇四处转悠。

出门时，只见门前大街上，一个老头儿穿着工装裤，正在清扫大街。等我们转了一大圈儿回来，见那老头儿跪在地上，身边又是水桶，又是刷子，正一点儿一点儿刷着街边缘的污迹。那种仔细和认真，仿佛在清扫自家卧室或客厅。

"这德国清洁工人做事就是认真负责！难怪小镇这么干净！"中国牙科医生感叹道。

"他可不是什么清洁工！知道吗？人家是百万富翁，是我们这个片区的大地主！"我告诉这两位中国朋友。

"啊?！不会吧？"中国牙科医生看着正跪在地上一丝不苟刷大街的瓦尔特先生，难以置信，眼前这位穿着工装裤、貌似清洁工的老头儿，是位腰缠万贯的百万富翁。

我们这个街区的地皮，原来都属于瓦尔特先生家。可卖了地的瓦尔特先生一点儿不像大富豪，倒更像个园林工，经常穿着工装，忙前忙后，不是修剪树枝，就是打理院落。他家的院子一年四季鲜花不断、青草如新。

瓦尔特先生最高兴的事，就是让人欣赏他的劳动成果。

有一次，国内电视台到我家来拍"×××在国外"的系列片，恰好碰到瓦尔特先生在院子里忙着。电视台记者夸瓦尔特先生家院落漂亮，这让瓦尔特高兴得两眼放光。当下把一班人马请到他家，从犹如兵工厂般整齐摆列着各种工具的库房，到颇具特色的家庭地下室，从客厅到业余爱好专房，让国内电视台摄影记者拍了个够。摄制组人员在满载而归的同时，大赞"中德两国人民的友好情谊"。

像瓦尔特先生这样热爱自然、喜欢整洁、注重美化环境的人，并不是个例。

小镇人家多为独门独院。居民中可谓藏龙卧虎。

我们刚搬到小镇时，见邻居家家户户都在院子里打水井，为的是在盛夏时节可以利用地下水来浇花润草。水井一般每年开春就得淘沙清理。每年这个时节，经常能看到一位穿着件油渍麻花工装的中年人帮着各家挖沙掏井。我一直以为，那人是个掏井工。

一天我到银行去办事，前台秘书把我领到后台去见银行经理。一见面，我愣住了：这不是那个"掏井工"吗？如果不是亲眼所见，我怎么也不能把那个总穿着件油渍麻花工装的掏井工跟眼前这位西装革履的银行经理联系到一块儿。

还有一次，我到机场海关去通关。那一大堆烦琐的报关表格让我无从下手。这时，过来一位和蔼可亲的长者，耐心地一边给我解释，一边帮我填表。之后，他笑眯眯地问我："你不认识我了？"我眨巴着眼睛使劲儿想了半天，只觉得他面熟，愣是没想起在哪儿见过他。他提醒道："我在树林湖边经常看见你从那儿走过。"我这才恍然大悟：那个经常在湖边修枝除草、清理湖面的人，原来是他！之前，我还一直以为他是个护林员呢！

那个爬在屋顶上跟邻居一块儿打扫烟囱屋顶的人，是我女儿同学的爸爸。因为常来往，所以知道一点儿他的家底儿：他们家光是收集的高档名牌表就值几十万欧元！

所以，在 8 小时以外、周末或者节假日，如果见到衣冠不整、身着工装的男人们干这干那，千万别以为他们是清洁工、掏井工、园林工或清扫烟囱的临时工。他们当中，有人可能是亿万富豪、百万富翁、公司老板、教授学者、政府要员、国家公务员，或者各行各业的白领员工……

花钱买教训：在德国寄挂号信的遭遇

夏季的回国机票突然贵了起来，据说，跟伦敦举行的夏季奥运会有关。

但我们全家回国的计划年初就已决定。提前订好了 7 月 20 日的优惠价机票，回国之事，似乎已是十指捏螺丝——十拿九稳。

因为持德国护照，所以回国还得办理签证手续。以往，都是在订机票的同时委托旅行社替我们把签证的事办了。但这次，由于 6 月下旬我们要到法兰克福参加一个活动，便决定顺道到中国领事馆，自己去办理这事。

申请签证的材料 6 月 24 日递交上去后，委托在法兰克福的朋友帮我们领取，再邮寄过来。朋友 7 月 6 日（星期五）取到护照，并赶在当天寄了出来。

按正常情况，第二天就可以收到。可直到 10 日（下星期二），邮件还没踪影。于是我打电话向朋友询问。接电话的是朋友的丈夫，他说，邮件是他亲手用挂号信寄出的，并当即把寄挂号信的回执单据影印件通过邮件发了过来。打印出回执单据，我立刻到我们这边的邮局去询问有关情况。邮局工作人员给了我一个电话号码，让我直接跟这个"有关部门"联系。电话打过去，对方登记了我们挂号信的邮递号码，解释说，通常情况下，昨天（星期一）就应该到。不过，现在只能是耐心再等两天。若周末还没收到，他们会帮助查询邮件下落。

回到家，赶紧把这个情况跟朋友通气，却得知，朋友为这事把自己丈夫埋怨了一通，怪丈夫办事不力。办事的丈夫自然十二分委屈，反驳说，难道寄封信还要时时拍下照片作证明吗？这话提醒了朋友。朋友果然到邮局去，拍了几张照片，传给我，同时把这那邮局的信息也一一告知。

回执单据清清楚楚，哪能有错？想到为这事让朋友夫妻相互拌嘴，我心里十分不安。赶紧安慰朋友说：你不必埋怨你先生——哪有做了好事还反倒受埋怨的？要怪，也只能怪德国邮局效率太低。反正，我们还有一个星期的时间，相信结果不会太糟。

话虽这么说，心里其实还是有些着急。在德国，丢失信件的事很少发生，更何况是挂号信。这么多年，我们邮寄、接收过无数挂号信，在德国境内一般是一两天就抵达，从没丢失过信件。而现在迟迟不见踪影，会不会发生什么意外？

星期三，信没到。星期四，信还是没到。

等待格外让人焦急。朋友那边更是焦急。朋友丈夫天天通过网站密切查寻邮件的行程状况，结果依旧是只有出发没有抵达。

我再次到邮局去问，邮局却说，通常来说，挂号信允许有八个工作日，也就是说，若八天之后，还没收到信件，就可填"报失单"，正式进入查寻阶段。但只有对方（寄件人）才能填报失单。于是，赶紧给朋友去邮件，告诉填报失单的事，同时，不忘提醒说：那张邮局给你们的邮寄存根，请务必保管好。在事情还没完全结束事前，千万别弄丢了。

星期五，挂号信仍然未到。

朋友闻讯后，又和先生去了趟邮局，再次查寻邮件下落。邮局人员确认，挂号信肯定不在他们邮局里，因为所有信件当天就已送出。至于现在挂号信在哪儿，他们也不知道。

朋友无可奈何回到家，给我写邮件："真是有傻眼的感觉……现在，她给了我们一张报失单，让我们填写。我想填写后下午送过去吧。"

我心存一丝侥幸：或许，挂号信明天能到？因为，明天（星期六）是法定的第八个工作日，也就是说，挂号信最迟在第八个工作日必须送达。唉！再等等吧！

说来也巧，这天家里来了客人。听说了挂号信的事，立刻分析判断道：挂号信肯定出了问题！否则，哪有一个星期都寄不到手中的？接着，她说了好几桩有关挂号信丢失、查寻的事。她告诉我，挂号信超出第八天仍未收到，才可以报失。然后进入另一个工作程序——查寻程序。而从报失到查出结果，一般是 20 个工作日。有时候，还需更长时间。她举例说，有一次她丈夫的公司寄出一封挂号信，两个月后才查到下落！

一听到这，我顿时焦急起来：等 20 天后再查到结果，黄花菜都凉了！那四张已订购的机票怎么办？

于是赶紧打电话到旅行社去问。卖机票的小姐在这方面显然很有经验。她说的，跟这位朋友完全一致：从报失到查询，需要持续至少两个星期的时间才能有结果。等两个星期后，机票早过期了！她很负责任地建议我，立刻把手上的机票转让给其他人——她那儿正好有几位客人欲订机票，而我们的机票是优惠价，容易出手。只要我们支付一些手续费就行。恰逢周末，必须当机立断。否则，拖到下个星期，若再想转让，不仅手续费会成倍增加，而且未必能全部出售。

权衡再三，只能接受这个建议。于是，当即同意转让机票。紧接着，又是邮件，又是传真，一通忙活，到下午，终于把事全部办妥。

机票脱手了，突然有种如释重负的感觉。晚上在灯下给朋友写邮件："你和你先生也不用太着急。下午我们已通过旅行社把机票转让给了别人，只支付了一点儿转让手续费。这样，万一护照不能及时到达，我们也把损失降到了最小。等护照到了，再重新订票好了。实在不行，大不了今年我们不回国。既然护照已寄出，总该有个下落。反正现在没有了时间压力，就让邮局去查好了。到德国这么多年，这事还是第一次遇到。太奇怪了。"

没想到，星期六上午一大早，门铃响了，送挂号信的邮递员站在了家门口。

"怎么今天才到？都一个多星期了！"我叫了起来。想到这几天的坐立不安、焦急等待、一次次跑邮局以及后来发生的事，真觉得哭笑不得！

"今天正好是第八天。信件抵达是在规定的时间范围内。"送信的小伙子一板一眼地说。

"可我们需要赶时间。知道吗？这份邮件迟迟不到，昨天我们只好把机票都退了！为此支付了一笔手续费呢！"

"如果需要赶时间，我建议最好用特快专递。既然这么紧急，为什么不寄快递？"小伙子仍然一板一眼。

我还能说什么？

转身第一时间把收到护照的消息告诉了朋友。朋友在电话那头，同样哭笑不得，说："心里真不是滋味！想想搭进去的焦急和情感，实在无语！"

　　既然证件收到了，那就还按计划回国吧——国内亲友都已知道我们一家要回去的消息，父母双亲正翘首以待呢！

　　电话再打给旅行社，询问重新订机票的事——天啊！机票已贵得有点儿离谱了。

　　好在我们是旅行社的常客。售票小姐积极为我们找时间合理、价格合适的机票。一天后，告诉我们，有四张价位是×××、起飞时间是×××的机票，行吗？机票比我们原先的优惠价贵了不少，但总算在能接受的价格范围内。而起飞时间就在一天后——比我们原先的订购票还提前了一天。

　　两个孩子为这"提前的一天"欢天喜地。她们不知道这其中的代价：算进机票转让手续费和后来增加的机票费，足够一个人再买一次到中国的往返机票了！

　　唉！一封挂号信，引出这么多费用和麻烦！

　　在此给大家提个醒：德国的挂号信不靠谱。若有急事，千万别寄挂号信！借用那位邮递员小伙子的话来说，就是："如果需要赶时间，我建议最好用特快专递。"

"德国制造"曾是假冒伪劣标记

2004 年，欧盟国际贸易委员会建议，今后欧盟成员国的产品一律不分国别，统一使用"欧盟制造"的标志。这样，有利于欧盟内部各国企业的公平竞争，也有利于统一对外出口。这一建议，得到了大多其他欧盟成员国的赞成，却遭到了德国的坚决抵制和反对。德国的企业家和政治家一致认为，这么一来，会造成一个为技术标准认可的品牌标志彻底灭亡。说白了，就是会让"德国制造"这一优质品牌淹没在"欧盟制造"的汪洋大海之中，失去自我，并最终消亡。德国人坚持在自己的产品上打上"德国制造"的标记，并声称："我们拒绝使用统一的欧盟生产标志。我们对我们的产品印章感到自豪。"

的确，德国人对"德国制造"充满了骄傲和自豪，对德国产品的高品质充满了自信。可是谁能想到，一百多年前，"德国制造"曾是假冒伪劣的标志，是刻在德国人额头上的耻辱印记呢？

18 世纪，英国通过工业革命，成为世界科技的排头兵。而与此同时，德国却还是个经济落后的农业国，其科学技术和工业生产能力与英国相比，相差至少半个世纪。德国人为了甩掉贫穷落后的帽子，积极向英国学习。但德国人采取的"学习方式"却让英国人恼怒不已，甚至痛骂德国人是"无耻之尤"，并采取立法措施，对德国人的"学习"予以痛击。

原来，德国人的"学习方式"就是剽窃技术、假冒仿造。19 世纪上半叶，德国企业一方面派出工业间谍，通过各种手段窃取英国的核心技术；另一方面派出学徒员工，到英伦半岛进行所谓的"旅游学习"，然后顺手牵羊，把英国的好产品带回德国，进行假冒仿造。

德国的钢铁大王克虏伯，当年曾品着威士忌、抽着雪茄，风度翩翩地出入于英国伦敦工商界，深受欢迎。但后来，被英国情报机构发现，原来他是"工业间谍"。他刺探到英国钢铁制造的最新生产流程和核心技术，回德国后，加以运用，创造出了著名的克虏伯大炮。

当时的德国，工人工资极低，工作时间被资本家无限延长，因而商品成本非常低廉，其价格在世界上具有很强的竞争力。德国人把从英国"偷"来的样品，仿制生产，然后，又当作廉价处理商品，倾销到英国本土及殖民地。在当时，德国产品就是"价廉货次"的代名词。

为了以次充好，一些德国企业便盗用他人的品牌标记，生产假冒伪劣产品。一个最典型的例子是：当时，英国谢菲尔德公司生产的剪子和刀具以其优质的品质在市场上具有很高的声誉。德国索林根城的刀具剪子制造商便假冒这个品牌，把自己仿制的产品打上"谢菲尔德"的标记出口国外。虽然看上去跟英国产品相似，但德国厂商使用的制作材料是低劣价廉的铸铁，完全不同于英国产品使用的质优价昂的铸钢。

德国产品以其低廉的价格大行其道，这让英国人感到威胁。后来居然盗用英国的品牌，假冒伪劣，让英国人忍无可忍。他们一边痛斥德国人的无耻行径和卑劣手段，一边发起抵制德国货运动。

1887 年，英国国会通过《商品法》，勒令所有进入英国和其殖民地的德国产品一律打上"德国制造"的印章。英国人认为，"德国制造"就是假冒伪劣、价廉货次；"德国制造"就是刻在德国人额头上的耻辱印记。

德意志民族有着极强的民族自尊心。英国人的抵制和立法以及"德国制造"的耻辱印记，让德国人开始彻底自我反省。

可以说，1887 年，是"德国制造"的一个分水岭。从那时开始，大多数德国企业开始把"用质量去竞争"定为首要目标，在设计上大力创新，在质量上严格把关。实现了从假冒伪劣向质优创新的根本转变。

十年之后，英国人惊讶地发现，德国商品在他们的生活中已是必不可少，而且质量可靠，价廉物美。从服装、钟表、相机、家具、啤酒、香水、铅笔、玩具、钢琴、水泥、医药制品、玻璃制品、钢铁制品、切削刀具一直到武器和子弹，"德国制造"均属质量上乘。

曾经假冒英国品牌的德国索林根刀具剪子制造商，生产出了著名的德国双立人刀具。今天，这个品牌已行销全球，享誉世界。

从 1887 年到今天，"德国制造"走过了 125 年的历程。

质量可靠、经久耐用、供货及时、高度的改革创新能力和成熟的生产工艺流程，这一切，都成为"德国制造"的丰富内涵。德国人用自己的努力，洗刷掉了"商业秘密窃贼"和"假冒伪劣者"的恶名，曾让德国人蒙羞的"德国制造"，如今已变成了让德国人骄傲的金字招牌。

历史总有惊人的相似之处。

今天的"中国制造"，与当年的"德国制造"有很多相似之处。德国人用了 100 多年的时间，完成了华丽的转变。相信勤劳勇敢的中国人，用不了多长时间，定能让"中国制造"实现质的飞跃。

德国：优秀的年轻人到企业去

　　我周围有不少定居德国的华人，他们当中很多人在国内曾是学习优异的"天之骄子"。到德国后，除部分人在大学、研究机构或德国大企业工作外，其他人都不约而同选择了自己创办企业、自己做老板，生意做得风生水起，让德国人刮目相看。

　　这其中固然有"申请居留"的原因，但更多的是跟德国社会的整个大环境分不开：一方面，德国政府鼓励和保护私人创办企业，并有一整套行之有效的法规和政策；另一方面，德国人崇尚搞企业。在许多德国老百姓心目中，一名企业家往往比一名政治家更有分量、更让人尊重。

　　我给这位朋友讲了一个我身边的真实故事。

　　帕特里的 Abi 成绩（德国中学毕业考试成绩）非常优异：达到平均 1.1。但他没有像大多数中学毕业生那样，直接申请上大学，而是出人意外地选择了另一条路。

　　十年前，我们小镇的文理重点中学开设了 AG 中文课，我担任中文课老师。帕特里是为数众多、带着好奇学中文的学生之一，也是一直坚持到最后、学到高级班、为数不多的中文课学生之一。

　　在我看来，帕特里是个有很高语言天赋、极强学习能力的学生。他比其他同学晚一年学中文，但他到中文班后，立刻大踏步地追上了所有落下的课程，赶上并超过了其他学生。他在学校的其他功课也一直领先，成绩优异。八年级时，还跳了一级。他能上大学，并且上最好的大学、选最好的专业，这一点，谁也不怀疑。

那天，帕特里来向我辞别。

我问他："你被哪所大学录取了？"

他说："我没申请上大学。我在雷威库森的一座化工厂申请了三年的职业培训位置。"

"为什么不直接申请上大学？"我问。

帕特里的选择让我很意外，也很吃惊。按他的条件，足以选择上任何一所德国重点大学。再说，帕特里家境很好，父亲是律师，母亲是会计事务所高级会计师，两人收入丰厚，供帕特里上大学绝对没问题。

帕特里告诉我，他一直很喜欢化学课。暑假时，经老师介绍，到雷威库森这座化工厂实习过。他发现，在这座工厂兼研究所里，有他非常感兴趣的东西。于是他决定申请这座工厂的职业培训位置，培训期满后，再争取留下来。

"可我听说，职业培训与大学毕业待遇相差很大。没有高学历文凭，哪能有更好的发展空间？"我很为帕特里惋惜。

"职业培训完之后，我还可以继续申请在职上大学呀。"帕特里告诉我，这里面其实有求职技巧：通常来说，申请职业培训门槛较低，容易进入。进去之后，只要个人努力，表现良好，一般都能留下来。有了稳定位置之后，还可以申请在职上大学。如果所选专业正是企业所需，可以向所在企业申请学费。如果企业不能支付，还可以在年底报税时，向税务局、财政局申请，减免所得税，等于国家资助你继续深造。这往往比拿着高学位去求职更实在。

最后，帕特里还说了句让我难忘的话："优秀的人搞企业，平庸的人当公务员。"

这些年，帕特里朝着他自己设计的人生目标一步步踏踏实实地前行着：先是做完三年的职业培训，然后带着工资完成了在职大学教育，拿到了国家和企业都认可的文凭。如今，他已是企业的专业人士、技术骨干。他向我透露，他正在参与的一项企业技术更新项目处于世界领先水平，将给企业今后的发展带来巨大空间，给企业的效益带来丰厚利润。现在，他的收入并不比那些拿了博士学位的人少。而当年跟他同年中学毕业的学生，有的还在大学未完成学业，有的还怀揣着文凭正到处自我推荐找工作。

在德国，像帕特里这样的年轻人并不是个例。

托比以优异成绩中学毕业后，也没有直接申请上大学，而是申请了德国最大银行 Sparkasse 的职业培训位置。三年期满后，他被留下来。随后，边工作边参加银行系统内的高级培训班，拿到了认可文凭，并在工作和实践中表现了自己的才干。现在，他已是这家银行分行的部门负责人。

中国留学生到德国后，有不少人也选择了现实的求学之路。

熊女士毕业于国内重点医科大学，后随夫君到德国。她很快发现，在德国申请学医的位置非常难。而且，就算将来毕业后，也很难找到工作位置。权衡再三，她选择了计算机专业职业培训。所幸，那时 IT 行业方兴未艾，求贤若渴。熊女士很快在这个培训行当找到了工作，虽然收入不及医生，但总强过没有工作。

这对那些两眼只盯着重点大学的人，打开了另一扇窗口。

前几年，德国有关机构有个评估调查。调查发现，在出版、新闻、电影电视、设计、财会等行业，大专毕业的学生最受欢迎。并且，大专毕业的学生收入并不比那些综合大学毕业的学生低。

通常，人们总认为，只有上重点中学，才有机会上大学；只有上重点大学，才有更好的求职机会和发展空间。像帕特里和托比这样，先放弃上大学，而选择到企业去，从底层、基层做起，看起来有些不可思议。

德国只有八千多万人口，却保持着世界上数一数二的经济强国和出口大国位置。这也许正与德国企业的实力、企业的技术和源源不断进入企业的优秀人员息息相关。

情系"蛋黄蟹"

那个春风微拂的傍晚，空气中还夹杂着一丝冬末的寒意。

我脚步匆匆地朝图书馆赶去——下一场考试近在眼前，我得为最后的冲刺做好准备。

迎面过来一位骑着自行车的老人。

"你好！"老人突然声音洪亮地用汉语向我问好，随之矫健地下了车。

"你好！你好！"我忙不迭地回应。

在异国他乡，冷不丁被人用母语这么问候，还是第一次。真叫人喜出望外，又好奇不已。

"很多欧洲人分不清亚洲人的面孔，可我一眼就能看出，谁是日本人，谁是中国人。"老人面带得意地说。

原来，老人是半个"中国通"。20 世纪 70 年代初期至中期，曾多次访问过中国，还受到过周总理的接见。他不仅知道当时中国流行的八个样板戏，甚至会唱其中的一些片段。

为证明自己所言属实，老人挺胸抬头，两眼圆睁，摆出唱京剧的身段，吼出了《沙家浜》里郭建光的唱段："朝霞映在阳澄湖上……"

五音不全，但神态认真。我大笑着，眼睛却不由自主地潮润起来。因为，那一刻，在老人湖蓝色的眼眸里，我分明看见了阳澄湖的朝霞辉映和波光粼粼。

老人还提到了一个我从没去过的地方：江苏太仓。因为，那里有一道让他钟情不已、念念不忘的佳肴"蛋黄蟹"。

聊天中得知，老人并不是政府官员，而是一位普通的民间友好使者。他很崇敬中国的文化艺术，因而在创建了自己的文化交流公司之后，首先想到的是中国。当时，他的初衷只是想进行些民间文化交流。没想到，在中国他受到了高规格的热情接待，这使老人感动不已，对中国的认识和情感也由此进一步加深。在他家里，至今还保留着许多和当时中国领导人及演艺界知名人士的合影照片。他诚挚地邀请我"在方便的时候"到他家去做客，去看那些关于"中国的记录"。

他给我留了姓名，还留了电话号码。他告诉我，他会经常骑车路过这里，因为，他那在电视台当摄影师的独生儿子就住在城市的另一头。

可惜，那时我忙着应付考试，后来又忙着搬家，忙着一系列自认为非常紧要而不能耽误的"正事儿"，一直没顾上与老人联系。

几年过去了。我完成了学业。由于工作，又搬到了另一座城市。之后，在德国的生活逐渐稳定下来。

在一个似曾相识、春风微拂、空气中还夹杂着一丝冬末寒意的傍晚，正在散步的我，脑海里突然跃出老人的音容笑貌，毫无期然，毫无预兆，让我猛然产生一丝不安。回到家中，忙翻出那张留有老人笔迹的纸条。电话打过去，对方告诉我，他是老人的儿子，正在替老人料理后事——老人刚去世了。怅然放下电话，对这份尚未开始、失之交臂的友情遗憾不已。

又是几年过去了。

中国经济迅猛发展，我开始为公司的业务，频繁地在中德两国间飞来飞去。

在一次平常得不能再平常的空中飞行中，我身边坐了一位德国乘客。他兴致勃勃地跟我讲他刚结束的中国之行，多次提到了江苏太仓。他告诉我，已有不少德国企业在江苏太仓——这个离上海不远的小城——落了户。他此次去，既是为当地的德国企业做一集电视节目，也是为了圆他父亲晚年的一桩心愿：品尝江苏太仓的"蛋黄蟹"。这是他父亲非常钟情的一道中国菜。可惜晚年他未能重新踏上中国的土地，再次品尝这美味佳肴。时隔多年，他终于替父亲了了这桩心愿——那"蛋黄蟹"味道果然好极了！

记忆猛地闪出一道蓝光。我忙问："请问，您贵姓？"

他报出的姓，恰巧与老人相同！

几年前，那个接我电话并告知老人死讯的人就是他！原来，他是老人的独生儿子！

难道，冥冥之中，人与人之间真有不可预知的缘分？

我们相约，下次一道去太仓，共同品尝"蛋黄蟹"——作为地道的中国人，我居然还从没见过这道菜呢！

我借机主动提出，想去他家，看看那些他父亲提到过的照片。我相信，镜头下那些"有关中国的记录"，一定视角独特，富有某种历史记载。

他满口答应。说：这一次，我们不要让相约的时间相隔太久……

嫁给"老外"的她

我是在超市门口认识她的。

那天，我挎着布织购物袋去购物。喜气洋洋的大红色布袋上印着白色醒目的国内某银行的名字——那是银行搞活动时发给客户的纪念品。她在超市大门口与我擦肩而过时，注意到了布袋上印着的那行中文简体字，并迅速判断出了我的身份："你是中国人？"

初到异国他乡，突然遇到一个用母语问话的人，真是喜出望外。我鸡啄米似的，一个劲儿地点着头。

"哈！终于找到一个可以说中文的人了！"她一拍双手，几乎欢呼了起来。

我对她的欢呼立刻产生共鸣。要知道，正在上语言班的我，每天上午下午6小时的高强度学习，已被变态的德语折磨得头昏脑涨。周围难得见到一个亚洲面孔。邻居们都是德国人，想当然地把我当成日本女人，只要碰面，就不由分说地用"科尼吉娃""撒油娜拉"跟我打招呼。出了家门，我的母语只能立马刀枪入库，没有丝毫用武之地。每天似懂非懂地听着"飞流直下三千尺"的德语，再用半生不熟、磕磕巴巴的德语与人交流，好似一个擅长舞剑的人跌进了相扑摔跤比赛现场，既力不从心，又憋屈笨拙。

就像铁钉遇到了磁铁，我俩因着母语一拍即合，瞬间就黏到了一块儿。一句赶着一句，畅快地用母语聊天，真是"久旱逢甘霖"啊！

"你也是嫁给了老外？"她问我。

"不是老外，是老表。"我回答。我嫁的老公是我的同乡。

她意味深长地"哦"了一声，脸上闪过一丝不易察觉的失望。

我们很快交换了电话号码。这样，时不时地，我会接到她的电话，或约我一道逛街，或约我一道喝咖啡，或到她家坐坐。

她家离市中心不远。三层的小楼，一面临江。属于 D 市最贵的住宅片区。站在窗前，可以看到莱茵河水的波光粼粼。

作为全职家庭主妇，她不用外出工作。可她丈夫仍然保留了以前的钟点工，每星期上门一次打扫卫生，熨烫衣服。不用为柴米油盐酱醋茶而操心，也没有太多的家务忙碌，她的生活堪称悠闲而精致。

她喜欢居家布置。家中窗明几净，家具、地毯、挂画的色彩搭配非常和谐，极有品位。每一处小装饰的摆放都恰到好处。每天看看书、弹弹琴、听听音乐，站在阳台上对着莱茵河发发呆，偶尔与友人相约外出，日子过得有滋有味，清闲自在。

这一切，当然由大她 20 岁的德国丈夫做经济后盾。她丈夫在一家世界 500 强之一的大企业任高管，收入不菲。每年假期，都带着她到世界各处度假、旅游。她最爱给我晒他们夫妇在外度假的照片，这总让我不由得心生羡慕。毕竟，那时我还年轻，正处在"世界很大，我想去看看"的年龄。可我们在德国还未完全站稳脚跟，仍处在为生存而打拼的阶段。度假对我们来说是件想都不敢想的奢侈之事。

她还有不少令人羡慕的地方：毕业于国内外语院校，用德语交流毫无问题；她有驾照，可以时不时开着丈夫送给她的那辆十分拉风的宝蓝色敞篷宝马车外出兜风；她衣食无忧，每天的时间可以由着性子来支配，想干吗就干吗。

当然，她也有自己的烦恼。安逸的日子日复一日，单调冗长，有时显得无聊。渐渐地，她开始想要一个孩子来填补生活的内容，却一直求而不得。跟德国丈夫签订的婚前协议，不仅对财产做了明确的界定，对婚后不生孩子也做了明文规定。这是她丈夫的意思。因为他与前妻已育有三个孩子，不想再多要一个孩子。当时她还年轻，完全沉浸在爱情的幻想之中，压根儿没意识到孩子在她将来生活中的意义。原以为，是否要孩子这一条在婚后是可以变通的。人非草木，孰能无情？如果她真想要孩子，丈夫岂能完全不顾她的感受？孰料，即便在夫妻之间，德国丈夫执行婚前协议也像严格遵守宪法一样，毫无通融余地。她要了两次小花招，想弄个"既成事实"。丈夫察觉后，干脆毅然决然到医院做了绝育手术，彻底断了她的念想。梦想中的孩子最终只能是水中月、镜中花。

受她丈夫的影响，到德国后，她也喜欢上了品红酒。她家的地下室储藏间里摆满了各种红酒。每次到她家，都少不了用各种红酒招待我。

有一次，她点起一支蜡烛，在蜡烛旁摆上高脚杯，然后小心翼翼地倒入半杯 Balri 酒。乳白色的酒液顺着杯壁缓缓流向杯底，在烛光的斜射中，一如琼浆玉液，令人着迷。我急不可耐地端起酒杯抿了一口。

"哎！哎！哎！"她接连发出阻止声，"这酒不能这么喝的。知道吗？要放进冰块才对。"

她从冰箱里取出冰块，放进酒杯，说："到了德国，就要学会品红酒。知道吗？这也属于德国文化的一部分。唉！你真应该嫁给德国人。"她语带惋惜地对我说。

"为什么？"

"可以更好地融入德国生活啊！知道吗？嫁给了德国人，才等于踏进了德国文化。"

她总爱用"知道吗"的句式来跟我说话，有意无意中，流露出一副居高临下、诲人不倦的姿态，这让我心里有种隐隐的不快，但我看出，她对我的热情是真诚的，并无恶意。她十分乐意与我分享她的"融入"成果，让我从中学到了许多。

可并非所有人都像我这样正面看问题。

有一次，她约我去她家，我顺便带上了一位中国女友。这位中国女友是她的同乡，我自以为，她若能用家乡方言与人聊天，一定会更快乐。她一如既往地热情，用惯常的"知道吗"的句式跟我们说话。从她家出来后，那位中国女友皱着眉头，一脸厌弃地对我说："你怎么会跟这种人来往？看她那副显摆的样子，真让我恶心！这种人，自以为嫁给了德国人就高人一等。其实，就是一只关在笼子里的金丝雀，哦，不，应该叫麻雀，叽叽喳喳，生怕人家不知道。不能独立，没有自由，活得憋屈得很！"

我有些目瞪口呆地看着她这位同乡，惊异于她如此负面的看法。

仿佛为了验证她这位同乡的话，当晚她给我打了一个电话，语气中有些责备。"知道吗？在德国，是不能随意去别人家做客的。只有受到邀请才能登门。我并没有请这位老乡。一般来说，我是不愿意跟中国人来往的，是非太多。我情愿多交德国朋友。"我猜想，她在说这话时大概忘了电话另一头的我也是中国人。

因着她这句话，我不再主动跟她联系。她似乎并没有察觉，又来邀了我几次，我都以这样或那样的借口推脱掉了。

不久，她丈夫作为高管被公司派往中国，在中国工作了两年。

那正是中国大力招商引资的年代，带有外资背景的企业和个人在中国都受到特别的优待。那似乎也是她婚后最春风得意的两年。有一次回到德国，她约我到一家有名的点心店里喝咖啡，跟我大谈她在中国出门有专职司机、进门有全天候保姆伺候的"人上人"生活。她绘声绘色地叙述有一次她把德国大奔驰开进北京小胡同的奇特经历，看得出来，她对自己在中国所享受的特权十分得意。

我们出了咖啡厅，走出了几百米，她突然想起忘了拿桌上的收据单，满脸焦急地往回跑。我不明缘由，只好也跟着往回走，看见她满脸沮丧地从咖啡店里出来——那张单据已被服务生当垃圾处理掉了。这件事显然影响了她的情绪，在接下来的逛街中，她一直有些心不在焉。后来她告诉我，她的婚前协议里规定，丈夫每个月给她250马克的零花钱，其他夫妻俩的日常生活开支都凭账单报销。也就是说，她没有掌握家庭经济大权，她虽有自己的银行账号，但每月只能存进那些零花钱。我突然明白过来，为何每次她都更愿意在家里招待我，因为家中一切消费都由丈夫支付，不需要动用她自己的"小金库"。

那时，中国的房地产市场一派兴旺，她想在老家上海置一套房子，可丈夫不同意。他不喜欢中国喧嚣的生活方式，两年期限一到，多一分钟都不留，收拾行李立马就回到了德国。

这件事一直让她耿耿于怀，也严重影响了他们夫妇之间的感情。

"如果当初花一百万人民币买了那套房子，现在都涨到一千万了。"她不止一次这样说。

后来，我搬到另一个小城，买了属于自己的房子，生了第二个孩子，忙着自家公司的生意，成天忙忙碌碌，与她渐渐断了来往。

多年后，很偶然地，我们在第一次碰面的超市门口又碰面了。

说了说这些年各自的生活，得知前些年她丈夫到瑞士滑雪时不慎摔断了腿，手术后并未痊愈，坐进了轮椅，也就是说，成了残疾人，趁势就退休了。现在她每天要照顾丈夫的起居，虽有钟点工，可并不省心。丈夫决计要回到他的老家巴伐利亚州去，他们正在计划卖房子搬家。

临别时，她说了一句让我心里一惊、之后又回味了好几天的话：想不到，嫁给"老表"的人比嫁给"老外"的人还活得好！

莱茵河畔的光与影

亲朋往事

一瞬间，决定了一辈子的事

仔细回想起来，我应该属于心智非常早熟的孩子。原因很简单——我的初恋开始得很早。

大约6岁时，有一天，家里突然来了两位北京来的红卫兵姐姐，接我们姐妹去参加为期一个星期的"学习班"。

那时，席卷全国的、轰轰烈烈的、触及每个人灵魂的"文化大革命"正如火如荼。父母在鄱阳湖畔一个半军事化的、对外只用编号的"生产建设兵团"工作。父亲被任命为"连长"，临时从机关单位生产科抽调到一个远处的生产大队去，带领一群从北京、上海等地来的知识青年"改天换地、战天斗地"。母亲一个人带着我们姐妹住在医院职工宿舍里。带大了我们姐妹、跟我们亲如一家的保姆老涂阿姨被赶回了乡下老家——母亲因为请保姆的事，被斥为带有"资产阶级剥削思想"，险些遭到批斗。父亲只有周末才回家。忙起来，甚至一两个月才回家一次。

作为孩子，我们当然不清楚当时的政治形势。跟着红卫兵姐姐，我们到了学校的一间教室里。课桌分别靠着南北两边窗子，被摆成了一排。几个大一些的孩子，都有些兴奋地铺着被褥。这些课桌是我们的临时睡床。铺上了被褥，两排课桌就像两个大通铺，男孩睡在北面，女孩睡在南面。

另一间临时搭起炉灶的小礼堂，成了我们的食堂兼学习活动室。

两位红卫兵姐姐负责组织和照看我们。先是唱语录歌，然后是学习和背诵《毛主席语录》。

小妹还太小，动不动就哭，第二天就被送回了家。如此一来，我成了"学习班"里最小的学员。

第二天午睡过后，红卫兵姐姐教大家跳舞。我和另一个比我大一岁的小男生因为个子不够高，被踢出了舞蹈队。

我俩出了小礼堂，来到学校操场旁边的一块空地上。小男生一脸沮丧。他正在换乳牙，一个门牙豁着。昨晚他尿床了。早上起床，男生们都打趣他，还给他取了个外号。那床带着他尿液的垫褥，此时正晒在操场旁的双杠上。

我的情绪也很低落。坐在水泥台阶上，在时断时续的知了声中，开始我那无休无止的胡思乱想。

无聊地坐了一会儿，他从上衣口袋里掏出两个玻璃弹珠，邀我跟他一块儿玩。他在几米远处挖出一个小坑，然后，对着小坑，用大拇指弹出掌中的玻璃弹珠。他的眼法十分精准，弹出的弹珠几乎百发百中。受到吸引，我也跃跃欲试，跟着他玩了起来。我们来回比着输赢，完全忘记了时间。

第二天下午，照例是大孩子们学跳舞，我俩又来到那块空地上。他似乎早有准备，变戏法似的，从口袋里掏出一叠纸板。那是典型的男孩们玩的游戏：一个纸板平躺在地上，用另一个纸板在一旁使劲向地下一拍，若扇起的风把平躺的纸板掀翻，就可以得到那块纸板，谁到最后得到的纸板最多，谁就赢了。无论我怎么使劲儿，都掀不翻地上那块平躺着的纸板，而他，居然可以用一块纸板同时掀翻两块平躺在地上的纸板！

又是一天下午，不知他从哪儿搞来一片小小的荷叶，滴上水，告诉我，在太阳下，可以看到水珠里的七色光。我们头靠着头，盯着荷叶里的水珠，不错眼珠地使劲儿看着，都想先看到那束七色光。他惊呼着说，他看到了七色光！可我，不但没看到，还突然犯起了头晕。

我蹲在地上，双手抱着头，带着哭腔，直喊头晕。他立刻说，他知道怎样可以治好头晕。他拉起我的双手，让我面朝天空，看着蓝天，然后，拉着我使劲儿地旋转起来。

很多年后，我在电影《甜蜜的事业里》看到了这个同样的场景：沉浸在爱情中的男女主角手拉着手，快乐地旋转着。阳光、蓝天、白云、树梢，都在这诗意的旋转中带着一层幸福的光晕。

而事实上，那种旋转的感觉并不美好——阳光、蓝天、白云、树梢，在我眼中变得一片混沌。我更加头晕目眩，并且想呕吐。猛地松开他的手，我倒在地上，哭了起来。

食欲不好的我，午餐几乎没吃东西。我只呕吐出了几口可怜巴巴的酸水。他却吓坏了，手足无措，不知该如何收拾这种局面。

"我给你讲笑话吧！"他蹲在我身边说。然后，着急忙慌地说起了笑话。我沉浸在自己莫名其妙的悲伤里，不管不顾地哭着，根本听不进他说的任何一句话。不知哭了多久，也不知他到底讲了多少笑话。最后，他很受挫折地自言自语说："每次我哭了，我姐姐就给我讲这些笑话，每次我都会笑。你怎么不笑呢？"我终于被他的笨拙弄得破涕而笑。

一天，晚饭过后，大家在教室前面的操场上自由活动。男孩子们打篮球，女孩们则排着队，练习新学的舞蹈。照例，没我们两位最小的什么事儿。大喇叭里正在播放革命现代京剧片段。李玉和"等候喜鹊唱枝头"的唱词，我没听懂。问他，他一副想当然的模样，说，怎么连这个都不懂？告诉你吧，就是"等着树上的喜鹊把脚指头藏起来"。我信以为然。

后来，上学了，会识字了。我在钢笔字楷上全文读到了这段唱词。想到当年他自以为是的解释，忍不住大笑。

又有一天，他突然问我：长大了你想当什么？

我被他问得一愣。那时，我已患上轻微的失眠症。在无法入睡的长夜中，我的感官像黑暗中的雷达，捕捉着任何一点细微的响动。我沉浸在种种妖魔鬼怪的恐惧幻想中，常常把自己吓得魂飞魄散，不敢下床。可唯独从没想过未来，没想过自己长大后要当什么。那时候总觉得日子很漫长，长大是件很遥远的事。

没等我回答，他抢先嘎嘣脆地说：我长大了，要当解放军。把敌人全部杀死！

他摆出解放军端着机关枪英勇地向敌人扫射的姿势，口中发出子弹出膛的"嗒嗒嗒"声，豪气万丈地说：一个都不留！

那一刻，我对他顿生崇敬，把他尿床的事忘到了九霄云外。

他肯定感受到了这份崇敬。在"学习班"男生里，他年龄最小，个子也最小，从没人把他当回事儿。而在我这儿，他显然有一份成就感。

"告诉你吧，"他咧着豁牙的嘴，语气带点儿神秘地对我说，"等长大了，学会了骑自行车，我要让你坐在后面，带着你，到处去玩！"

我的想象，迅即随着他的梦想，张开了翅膀，向着未来一路飞翔——那是我生平第一次对未来产生了美好憧憬。

后来，我得了一场大病，住进了部队医院。瘦骨嶙峋的我，双手双脚被每天的输液扎得青紫。躺在病床上，在长长的、无聊的输液当中，我开始不可抑止地想念他，回忆我们在一起玩耍的快乐时光。那些场景和细节，在不断地回味、放大、润色中，日益鲜活生动，像温柔的树根，在心底疯狂生长，盘根错节，越扎越深。

出院后，没再看到他。听说，他被父亲送回了山东老家。再后来，我父母调动工作，从此相互没了音信。

在生长发育、荷尔蒙旺盛的年龄里，我时常会在梦里梦见他。梦境中，初夏的那个场景异常清晰，他总是笑眯眯地忙着递东西给我，就像他递给我玻璃弹珠和纸板一样。

大学即将毕业前，经人介绍，我认识了后来的男友。我们一见如故，相谈甚欢，非常投缘。

一天傍晚，他骑着自行车，到校门口来接我。大马路上，人来人往。怕被老师同学熟人看到，我跟在他身后，刻意与他保持着一段距离。他立刻察觉到我的心理，下颚一扬，说："上车吧，我们快一点儿离开这里！"我犹豫了一下，然后，迅速跳上了自行车后车架——这是我平生第一次坐上异性的自行车。

初夏的风轻轻掠过，带着撩人的暖意。空气像黏稠的、暧昧的液体，徐徐划过肌肤。我矜持地侧身坐在后车架上，仍然尽可能与他的身体保持着距离。我俩像两尾互不靠近的鱼，穿行在夜幕降临的城市街道上。

立交桥下，是一段长长缓缓的下坡道。穿过立交桥，又是一段长长缓缓的上坡道。他躬下身子，奋力快速地蹬着脚踏板。这种全力以赴，让我非常不安。"停下停下！我要下车！"我叫道。他像没听见，仍然奋力地蹬着脚踏板。车速未减，我不敢跳车。就这么战战兢兢地，自行车爬上了长坡。他在前面大大地喘了口气，用欢快的语调说："知道吗？小时候，我就梦想着，长大了，骑着自行车，带着我的女朋友到处去玩儿。喏！就像现在这样！"

记忆之门，被"咣当"一下轰然撞开了一个大口子。多年前，那个初夏的午后，一个小男孩，咧着豁牙的嘴，满脸憧憬地对我说：等长大了，学会了骑自行车，我要让你坐在后面，带着你，到处去玩！

往事翻卷着，扑面而来。像快速倒带的电影胶片，在眼前一幕幕闪过：那个聚精会神弹着玻璃弹珠的小男孩，那个拍一下就能同时掀翻两个纸板的小男孩，那个绞尽脑汁给我说笑话的小男孩，那个自以为是地解释"就是树上的喜鹊把脚指头藏起来"的小男孩，那个拉着我的手仰望着蓝天打圈圈的小男孩，那个怀着雄心要把敌人全杀死的小男孩，那个总把眼光投向未来、盼望着快快长大的小男孩，那个多次反复在我梦境中出现的小男孩……一个个影像，一幕幕场景，交叠着、翻滚着、铺展着，在脑海里不断闪现。

是不是那个年代，许多男孩都有骑着自行车带女朋友的梦想？

豁着牙的小男孩，在我眼中，渐渐幻化成了眼前骑着自行车的青年，交叠合并成了一个人。那个初夏的小小承诺和梦想，变成了眼前活生生的现实。

我把脸轻轻贴在他的后背上。那一刻，我对自己的感情选择，做出了决定。

进入知天命之年，回过头去，寻找和捋顺这段情感，我会陷入迷茫：一个还没生长发育的小女孩对另一个小男孩朦朦胧胧的想念与思念，能算是初恋吗？如果不是，为什么这段感情一直盘踞在我心底，在生长发育、青春萌动的长长岁月里，再没有哪位异性轻易走进过我的心房？

初恋是什么？到网上去搜寻，学术语解释是：初恋是发育期间对异性的一种爱慕，多发生在中学阶段。

　　而对我来说，初恋，是荷叶上的一滴水珠，是初夏的一缕清风，是轻轻洒落在头顶的丝丝阳光，是用笑话缓解难受和痛苦的机智，是第一次学会把眼光投向未来，是小男孩的一个纯真许诺，是能让我在一瞬间就决定一辈子的情感。

长着一张不合时尚的脸

我们家世代出美女。这让我很不幸，总成了"垫底儿"的那个人。

我妈怀我时，正值三年自然灾害。那时，她在省城一家大医院进修外科，每天上手术台是必修功课。缺乏营养再加上高强度工作，导致我严重先天不足：别的孩子生下来，只是前脑囟门未合闭，是软的，而我，连后脑勺几乎都是软的。曾经不止一次听我家保姆老涂阿姨说，每次抱起我喂奶，感觉就像捧着半个未长硬壳的软鸡蛋。就为这，我爸挨了我妈一辈子的骂，因为，他在我妈产后出院抱我回家的路上，居然粗心大意地把我头朝下脚朝上一路抱回了家！

幸亏，带我的保姆老涂阿姨富有育儿经验，在我的脖子还支不住脑袋的半年时间里，她殚精竭虑，想方设法，总算把我养得天庭饱满、地阁方圆。半岁时，父亲抱着我照了一张珍贵的照片。照片上，年轻的父亲抱着还没长乳牙的我，笑逐颜开，充满喜悦。父亲去世后，这张照片随着我写的缅怀父亲的文章在报刊上刊登，成了我追忆父亲的深情载体。

我出生后，三年自然灾害还没完全过去。在那个连稀饭都稀缺的年代，哪还敢奢谈什么营养品？先天营养不足，再加上后天缺乏营养，我从小就病病歪歪，食欲不佳，面黄肌瘦，骨瘦如柴，犹如夏衍笔下《包身工》里的芦柴棒，又如《烈火中永生》里的小萝卜头，如果皮肤再黑点儿，那模样恐怕与非洲难民里的饥饿儿童相差无几。

童年时经常犯头晕，小小年纪还患上了失眠症。至今我还能清晰地记得那时在黑暗中听着闹钟的嘀嗒声，睁着眼睛胡思乱想到天明的情景。七岁时，突然莫名其妙患上了一场急性脑膜炎，所幸被送进了当时最好的部队医院，得到及时抢救和诊治，没留下什么后遗症。更幸亏，那场大病之后，我的失眠症不翼而飞，不治而愈。

40多年前的小学同学，一直保存着我在那场大病初愈后拍的一张照片。照片上的我穿着一条无袖碎花短裙，瘦骨伶仃，刚掉的乳牙还未长起，满脸不情愿地豁着嘴，新剪的短发像刘胡兰。站在南昌八一广场"星星之火可以燎原"的大型字幕前，眺望着广场对面雄伟的英雄纪念碑，整个神情和姿态，就像个即将英勇就义的小英雄。

现在再仔细端详那张照片，才发现，我那时其实长着一张今天很多姑娘都梦寐以求的、要靠做整形美容手术才能有的标致小尖脸。可在那个年代，这种脸型很不合大众的审美观，我走到哪儿，总会有长辈满怀怜惜之情地说："这孩子，怎么这么瘦？！"有一次，我母亲的一位年轻女同事甚至当着我的面，满脸遗憾地说："你这么尖嘴猴腮的，长得一点儿都不像你妈！"

那时，还是孩子的我，对长相的美与丑还没十分明晰的概念。那位年轻阿姨的话，如五雷轰顶，炸开了我对美与丑的最初评判界限。遭受了这人生第一次的当头一棒之后，企盼有朝一日长一张犹如天上圆月般饱满、像红红的圆苹果一样的脸蛋儿，就成了我整个童年时的最大梦想。

九岁时，回到东北姥姥家。餐餐吃着五谷粗粮，顿顿喝着粉条豆角淖汤，我居然改掉了偏食的毛病，两颊渐渐饱满，慢慢带着红晕。十岁生日那一天，对着桌上那面小圆镜，发现镜子里的自己，双颊终于有了婴儿肥！

那之后不久，姥姥带我走亲戚。大人们盘着腿，坐在炕上聊天，我站在炕边，听他们一口一个说着以前从没听过的"小日本"，内心多少有些新奇。这时，进来一位邻居，指着我，问我姥姥："这就是你那位南方来的小外孙女？"得到肯定答复之后，这邻居随即对我发表她的评论："哟！没你姥姥漂亮！你姥姥年轻的时候，那可是方圆几百里的大美人！"

至今也没闹明白，一个还没开始发育、眉眼还没完全长开的小姑娘，与一个脑后梳着发髻、尽管苗条但已显出老态的年近70岁的妇人在容貌方面有何可比性？反正，这评价再次给了我当头一棒，让我真真切切地感到，自己的长相简直一无是处。

不光如此。这位邻居的评语，仿佛一个魔咒，在以后的岁月里，一直如影随形跟着我，像甩不掉的尾巴，总让我有尾巴被人狠踩一脚的痛楚——

跟我母亲出门，时不时会听到别人说："哟！没你妈漂亮！"

跟我姐姐出门，时不时也会听别人说："哟！没你姐姐漂亮！"

跟我妹妹出门呢，还是同样听别人说："哟！没你妹妹漂亮！"

再后来，我的女儿们长大了，又听有人说："哟！没你女儿漂亮！"

总而言之，只要跟我们家的美女们出场，"垫底儿"的那个人，肯定是我。

凡事都有正反两面。由于从儿时起就明白了自己不具备"外在美"，只能转而在苦练内功上下功夫，指望有朝一日终能以"内在美"取胜。

所以，从小我就是一个"书虫"，博览群书，孜孜不倦。

所以，我总是不断要求自己学习成绩名列前茅，绝不允许落后于他人。

所以，我在文体活动方面一直是积极分子，总想努力用才艺去弥补容貌的不足。

母亲的美貌虽未百分之百遗传给我，但父亲的运动天赋遗传给了我。我的动作协调性极好，在各项文体活动中总能脱颖而出，占尽便宜：小学、中学时是宣传队的舞蹈骨干，大学时是球队、田径队的运动健将，体育比赛斩金夺银，屡创佳绩。真应验了那句话：上帝对每个人都是公平的。

从小到大，没人在容貌方面夸赞过我，以至于我对自己的姿色毫不知晓。在经人介绍认识了第一个男朋友（也是至今为止唯一的男朋友）之后，他眨巴着不敢相信的眼睛对我说：想不到你这么漂亮的姑娘还用等到别人来介绍对象？！这句犹如"情人眼里出西施"的表白，让我顿时感动得一塌糊涂。要知道，这是我人生当中，第一位异性用疑问加惊叹的口气夸赞我的容貌啊！我立刻毫不犹豫地、像扔沙袋一样，把自己砸了过去。原以为要使出攻城略地的计谋和艰辛，没想到，不费吹灰之力就轻易到手了，以至于在既成事实、结婚很久之后，他还在怀疑事情的真实性——唉！他哪能知道这背后的故事和暗伤呢？

到德国后，有德国人毫不吝啬溢美之词，当面夸赞我的容貌，而那夸赞，对我来说，无异于童年时遭受的当头一棒：要知道，中国人眼中的丑女才是西方人眼中的美女啊！难道我真的就丑到了这么不可收拾的地步？

有一年回国，从前的老同学破天荒地唤了我一声"美女"，让我心里一阵狂喜。随后马上得知，现如今，是人是鬼，都可被唤作"美女"。"美女"其实是别人不知该如何称呼你时的统称和"尊称"——我的确已到了别人不知该如何称呼我的年龄了。

有道是：山重水复疑无路，柳暗花明又一村。年过半百之后，误打误撞进了文学圈，一不小心还成了"作家"。于是，越来越频繁地被别人唤作"美女"，而此时，我心里十分清楚，这张童年时梦想的脸型早已不合时下的大众审美了。现在，削尖了小脸、"尖嘴猴腮"的模样，才是人们心中的美女。

还好，多年的读书与不断地学习，让我有了一种底气和书卷气，也有了一点儿"腹有诗书气自华"的知性。对许多的事情都已淡泊，美女不美女，早已退居其次。

有时，夜深人静，冥思乱想之际，会忍不住做一番推想：假如我童年时长着一张圆圆的苹果脸，成年后再长着一张"尖嘴猴腮"的小尖脸，那该会怎样？或许，我会得到众星捧月的宠爱，或许，我不会总是遭受被踩尾巴似的痛楚，不会在心底要求自己"自强不息"，不会轻而易举就把自己嫁了出去。当然，我或许也就不会是今天的我。

王梨花，你在哪儿

啊！！！

一声凄厉的叫喊，穿过 30 多年的时光隧道，横冲直撞闯进我的梦境。仿佛坐在巨大的火山爆发口上，我被这尖利恐惧、刺穿心肺的声浪，一下猛地抛向了空中。

黑暗中，带着恐惧，喘着粗气，双手抱膝。凄厉的叫喊在耳边嗡嗡作响，裹着一幅幅画面，犹如黑白电影镜头，在眼前来回晃动。

王梨花从纷乱、晃动的镜头里慢慢走出，渐渐清晰，带着那惯有的、谦卑的笑，眼含忧郁，注视着我，仿佛有话要说。

早已淡忘、沉睡的往事，在记忆的长廊里开始复活。像墙上的皮影，弓着身子，左奔右突，似乎在寻找一个出口。而那出口处，站着眼中带泪的王梨花。

王梨花是我高中毕业班的同学。确切地说，她是文科高考班临时插班生。当班主任老师把怯生生的她安排在我后排时，开学已经一个多月了。

这个典型的乡下姑娘，脸上黑里透红，带着田间劳作的气息。鼻尖有点滑稽地向上翘着。头发又黑又多。扎着的两条辫子，松松地耷拉在左右耳边，全都向外翻转着，像戴着假发。她的神态中，总是带着一种胆怯和谦卑，像随时等着挨训受骂。即便战战兢兢、谨小慎微，她还是不被人接受，或者说不受人欢迎。

　　她的一些行为，让周围同学不解。比如，她每天只吃两顿饭，说是为了减肥。而事实上，她很瘦，根本用不着减肥。又比如，她不换洗衣服，身上时不时散发着一股酸臭味儿。再比如，她身上常被蚊子叮咬得红肿不堪，可就是坚持不挂蚊帐，而用一面带着破洞的大花被面当床帘——那能挡住蚊子吗？

　　后来，王梨花被安排住到了我的下铺。每天同进同出，形影不离，我这才慢慢知道，不是她要减肥，而是她吃不起三顿饭；不是她不愿换衣服，而是她根本就没有换洗衣服；不是她不想挂蚊帐，而是她根本就买不起蚊帐——王梨花实在太穷了。

　　不光穷，她还"苦大仇深"：母亲生她时难产。她的出生，终结了她母亲的生命。因此，从出生起，她就被家人视为"扫帚星"，不受待见。而且，她是家中第四个女儿，一心盼着生儿子的父亲，把她视为累赘。她不停地被送人，又不停地被人送回来——她总是在深夜歇斯底里地啼哭，让收养她的人家像捧了个烫手山芋。在不停地被人送来送去中，王梨花渐渐长大。七岁那年，继母终于生了个儿子。王梨花于是成了继母的小保姆。她带着小弟，三天打鱼两天晒网地读完了小学。上初中时，为了让小弟读书，王梨花不得不辍学，担负起成年人干的活，种田养猪砍柴。继母对她非打即骂，嫌她是个"吃闲饭的"。王梨花终于不堪忍受，逃到了已出嫁的二姐家，靠着断断续续做小工，勉强维持生计，念完了初中。初中毕业那年，二姐家突然发生变故。不得已，她回到父亲家。继母不由分说，把她许配给了一个患有小儿麻痹症的夫家，收取了一笔彩礼。王梨花不从，再次逃出家中。这次，她逃到县里。举目无亲，走投无路。她渴望读书，渴望通过高考改变命运。她找到县中，进了文科班主任老师家，跪求给她一个读书机会。那时，学费还没像今天这么昂贵，社会也没像今天这么金钱至上，教师心中存有更多的良知和正义感。王梨花对自己身世的哭诉和苦苦哀求，让班主任老师动了恻隐之心。他自己掏钱，替王梨花交了学费，把她安插进了高考文科班。

不用说，王梨花比谁都珍惜这来之不易的读书机会。学习的狠劲儿赶上了"头悬梁，锥刺股"。她总是最早起床、最晚上床。每天晚上10点教室熄灯之后，她还点着蜡烛，继续学习。她要补的课太多：数学跟不上，语文底子差，历史常搞错，地理记不住。

我父母是拿着工资的国家干部。我们兄弟姐妹几人都由保姆带大。在那个年代，尽管不算富裕，但起码属于吃穿有保障一族。认识王梨花之前，我压根儿就不知道，同龄人中，还有生活这么穷苦的人。王梨花让我第一次真真切切认识了所谓的生活差异和社会阶层。

我送了一套自己的换洗衣服给她。她没有推辞。接过衣服时，神态中除了谦卑不安，还带着受宠若惊。

那时，我的记忆力超好。读书一目十行，过目不忘，考试总是名列前茅。而王梨花穷尽九牛二虎之力，成绩也排不到中等。于是，她常常带着讨好的表情，向我请教学习方法。到后来，她几乎是用崇拜的眼光看我。我虽然也看重考试成绩，却无法真正体会，考试成绩对她意味着什么。

很快，我俩成了"一帮一，一对红"。王梨花的成绩开始像春天的竹笋，节节向上。

如果不是高考第一天晚上发生那件事，或许，王梨花至少能考上个专科学校，以此改变自己的命运。而我，至少也能考入自己心仪的大学，不至于接到录取通知书时号啕大哭。

那天晚上，我和王梨花从教室晚自习回到学生宿舍——与其说宿舍，不如说是教室——一间打着通铺，挤挤挨挨住满了30多位女生的大教室。同室的其他初中部女生都已放假回家。偌大的宿舍，只剩参加高考的我俩。我在上铺，王梨花下铺。钻进蚊帐，就听见睡在下铺的王梨花不停地噼噼啪啪打着蚊子。她仍然没有蚊帐。那面带着破洞的大花被面，根本挡不住饥饿的蚊虫。

"上来吧！咱俩一起挤着睡。"我对王梨花说。

可她不肯："我没洗澡。身上臭。"

上午下午的两场考试，再加晚上自习课，人已筋疲力尽。头一挨上枕头，立刻沉沉睡去。

半夜。

啊！！！

沉睡中，被一声高亢凄厉、令人毛骨悚然的叫喊声猛地击中。朦胧中，只觉得床铺在剧烈地摇动。一个沉重的东西从床上摔下。然后，是一阵迅疾的奔跑声。

"抓流氓啊！抓流氓啊！！"王梨花带着哭腔，声嘶力竭地叫着。

值班老师在王梨花一声比一声高的恐惧叫喊中，冲进宿舍，拉开电灯。而我，在这叫喊声中毫无出息地用枕头蒙着自己的头，浑身发抖，缩成一团。

原来，流氓用匕首把寝室门闩旁边的砖头撬开，拉开了简易的门闩。之后，拿着匕首，往我睡的上铺爬去。睡在下铺的王梨花被蚊子叮醒，从破被面的小洞里看见了那把匕首和长满汗毛的、粗壮的男人的腿。她大叫了起来。大概因王梨花的叫声太凄厉、太恐怖，在夜深人静时，如雷乍起，让流氓猝不及防，从爬到一半的床上摔了下来。

流氓在我的床头留下了一把匕首，在王梨花床边落下了一只拖鞋。

值班老师收走了匕首和拖鞋之后，安慰我们：没事了，赶紧睡觉。

可知道了门闩旁的砖头已经被撬开，我们哪里还敢放心睡安稳觉？

我和王梨花两人挤在一起，几乎一晚没睡。第二天，昏头涨脑进考场，考试成绩可想而知。

王梨花名落孙山。我的成绩虽然上了重点大学分数录取线，但没达到进入自己梦想中一流大学的标准。我被压根儿就没填志愿，也不想去的本省师范大学录取了——那时我根本就不愿当老师啊！

最后一次见王梨花，是在高考发榜那一天。王梨花看见自己的成绩，蹲在地上，双手抱头，伤心痛哭。而我，也因没有考出理想的成绩泪流满面。我们沉浸在各自的悲伤里，谁也顾不上安慰对方，更没有想到彼此留下联系地址。

后来，我上了大学。之后，参加工作，结婚生子，出国定居，在自己人生轨道上一路滑翔。王梨花渐渐淡出我的记忆。

有一年，回国探亲。坐在轿车里，缓缓驶过闹市区，在一个小小的、卖茶蛋的摊位前，我突然看到一位面容神情酷似王梨花的姑娘。微翘的鼻尖，厚厚的头发，两条辫子随意松松地耷拉在左右耳边，向外翻转着。

我不顾一切跳下车，朝那姑娘奔去。迫不及待地，寻问她的身世，寻问她母亲的名字。姑娘睁着迷惑而警惕的眼睛，审慎地、有选择地回答我的问题。一切对不上号。这姑娘跟王梨花没丝毫关系。但我还是打开汽车后车厢，把朋友送给我的半篮子土鸡蛋一股脑儿转送给了她。不为别的，只为她长得太像王梨花。姑娘困惑地接过半篮子鸡蛋，看我的眼神，像看天外来客。

坐回车上，我的眼泪汹涌而至。湮没的往事，翻滚着扑面而来。我们总是在人生道路上，错过不该错过的事，淡忘不该淡忘的人。

如果没有王梨花，我会有怎样的人生？如果没有王梨花那惊天动地的一嗓子，我的命运又会怎样？想想看吧：那晚，如果流氓拿着匕首钻进了我的蚊帐，会有怎样的后果？反抗，或许性命不保。就范，肯定这辈子都将痛不欲生。我还能心境明朗地享受生活，开心愉快地笑对人生吗？

王梨花，你在哪儿？依你的个性，你肯定不会顺从地嫁给那个小儿麻痹者吧？你又从家中出逃了？你去了哪儿？外出打工？重新嫁人？你的后代会不会像你一样吃不饱饭、读不起书？

我开始急迫地想找寻王梨花。急迫地想给她一些我力所能及的帮助。

我找到统管全省户籍的同学，请他帮我在户籍档案中找出叫"王梨花"的人。了解了我的用意，同学很尽心，花了几天时间，从电脑中调出了全省所有叫王梨花的人。我对着照片，一一辨认，一一排除。

我没找到王梨花。

但从那时开始，王梨花在我的梦境中不断出现。而每一次，都和那个恐怖的夜晚有关。

一个春风微拂的周日，我和先生在莱茵河畔散步。

绿草如茵的河畔，孩子们放着风筝，小伙儿踩着滑板，姑娘牵着狗，老人们骑着自行车。三三两两的人铺着垫毯，席地而坐，空气中弥漫着烧烤的香气。远处飘来如丝如缕的音乐。一切如此祥和。

一切如此美好。

我们手牵着手，说起从前的鸡零狗碎。我又提到了多年无法释怀的事情：没能考上自己梦想中的大学，这让我的人生每一步似乎都打了折扣。

先生轻搂着我的肩，柔和地说：这不是很好吗？如果你考上北京或上海的大学，那我们俩还能相遇吗？

那一刻，我心里一阵电光火石。王梨花突然从遥远的深处闪现，像猝然而过的流星雨。我再一次前所未有地看清王梨花在我生命天空中划下的一道深刻痕迹。

人与人相遇，是偶然，还是必然？你遇见什么样的人，就开始什么样的命运。

不是吗？如果不是遇到王梨花，那晚我肯定会被流氓暗算。如果考上别的大学，或许，我不至于大学期间一场恋爱没谈，不至于大学毕业后才经人介绍认识我先生，更不可能来到这从未向往过的异国他乡，开始自己的人生。

岁月，可以荡涤一切。也可以在荡涤过后，留下最宝贵的东西。

我清楚，我不会停止找寻王梨花。

王梨花，你在哪儿？

谁能打开母亲的心结

我弯下腰，给母亲穿鞋。

那是双红色敞口平底鞋。德国名牌。母亲年轻时就一直喜欢的款式。鞋垫轻软，皮质柔顺。穿进去，脚就像钻进了温软的皮套里，舒适、熨帖。

我的脚型与母亲很相似。之前，曾特意穿着厚厚的袜子，把这双鞋穿了一个月，试图把鞋子再撑大些、穿软些，好让母亲穿时能更舒服些。可母亲的脚肿胀得厉害，根本穿不进去。

抬头看了一眼母亲。母亲的脸毫无表情。自从突发脑血栓，落下半身不遂，母亲像瞬间换了一个人，一向表情生动的脸骤然变得木然起来。时光已把她脸上曾经有过的风采和丰腴抹去，抽空，再烘干，真真切切打上"岁月无情"的烙印。

母亲曾是她所工作的系统内公认的大美人。从小到大，每次跟她出去，我听到最多的评价就是："哟！没你妈漂亮！"就因为母亲的漂亮，小时候，曾有很长一段时间，我一直怀疑她是个"女特务"，一直不敢跟她亲近。记得6岁那年，在带我长大的保姆老涂阿姨家过了一个长长的、极其快乐的暑假之后，母亲来接我。学校马上开学，我得入学成为小学生。可我抱着老涂阿姨家的桌子腿，死活不肯放手，说什么也不肯跟母亲回家。母亲那天穿着一件自己缝纫的、掐着腰身、非常合体的白底蓝花上衣，齐肩的两条辫子尾部打着小卷儿，一缕刘海在额前自然蜷曲，蓬松垂下，酷似电影明星秦怡的脸庞，端庄秀丽。我不肯跟她走，觉得她不是我亲妈，而是坏人装扮的。因为，她漂亮得实在太像电影里的"女特务"了。

"别穿了。"母亲口齿含混不清地嘟囔了一句，收回了还能动弹的右脚。她不想穿鞋，不愿下地，不肯做医生规定的那套康复运动。

按理，"积极面对、战胜疾病"这类大道理轮不到别人来跟母亲讲。母亲自己就是医生——是医术精湛的妇产科主治医生和腹腔科外科医生。她曾无数次亲手迎接过降落到这世界上的一个个幼小生命，也曾无数次抢救过一个个濒临死亡的垂危生命。她比一般人更清楚生命的构造，疾病的起因，康复的作用。她懂得如何对别人的疾病对症下药，怎么轮到自己，就这么消极，这么放弃呢？

"这都是报应。"母亲口齿含混不清又嘟囔了一句。

我知道，她指的是什么。母亲是十分虔诚的佛教徒。她相信因果报应。因为职业关系，她为无数患者做过人流手术，扼杀了太多本该来到这个世界的生命。母亲当初选择妇产科时，正值政府号召妇女多生多育的年代。那时只想到每天可以迎接新生命，没料想，后来却是越来越多地扼杀新生命。出于宗教信仰，她不愿意为别人做人流手术，更不愿意做引产手术。可她的职业，要求她必须做这些。尽管后来想方设法，不断外出学习进修，终于成为跨行的腹腔科外科医生，可母亲一直对自己做过的那些人流手术和引产手术无法释怀。

在外人眼中，母亲是个以工作和事业为重的女强人。她一直希望自己的子女们也能像她一样，从事医疗工作。而我们家兄弟姐妹几人，恰恰是通过母亲，看到了医生这个职业终身所面临的风险和担负的责任，最终没有一个人愿意继承她的衣钵，成为医生。

　　脑血栓并非不治之症，完全可以康复。作为医生，母亲非常清楚这个道理。而她消极对待康复，一副认命的样子，完全囿于她的心结。

　　一直以为，母亲为自己的职业而自豪。却不知道，这个职业在她心底留下的硬伤。

　　现在，谁能打开母亲的心结呢？

女儿当上了德语频道电视节目主持人

每天傍晚六点一到，我会立刻推掉所有手头正在做的事情，雷打不动地观看北莱茵州 NRW.TV 电视台推出的《中国时间》(Die chinesische Stunde)节目——《来看吧》。之所以如此关注这个面对德国观众的德语频道节目，原因很简单——我女儿是这个栏目的节目主持人之一。当然啦，除了这原因之外，还有一个更重要的原因：我被女儿任命为这档节目的编外"审查员"。

因为，我和女儿之间有个"君子协议"。

当初，女儿决定去应聘这个职位时，作为父母，我们并不十分支持。在德国生活的中国人都知道，德国新闻媒体是怎么报道中国的。西方新闻媒体的报道目标与国内不尽相同。以言论自由和批评报道为己任的德国媒体，在报道有关中国新闻时，常常让中国人感情上很难接受。

因而女儿被录取的消息传来后，我们并没有欣喜若狂。我对女儿说，入了这一行，你就得遵守这一行的规矩和规则。话语权掌握在别人手中，人家怎么说中国，那是人家的自由。但你，长着一副典型的中国人面孔，如果也跟他们一个腔调来指责批评中国，那岂不是要触犯众怒吗？中国人一人一口唾沫，也得把你活活淹死！我们辛辛苦苦把你培养出来，可不愿眼睁睁地看你站在镜头前，操着一口地道流利的德语在德国人民面前讲中国的种种不是，更不愿看着你整天在唾沫星中摇船划桨！干这种吃力不讨好的事儿，不是吃饱了没事找抽吗？

那时，女儿和我们一样，对电视台的情况、对这档节目的出台背景一无所知。我督促她拿回这档节目的策划书，让我们先过目一下。嗯，策划书看上去很不错——全面、系列、客观地报道中国，弘扬中华文明，让德国人民了解一个真实的中国。

可我仍然很不放心：这德国的新闻元素从根儿上起就与国内完全不同，万一说着说着走了样呢？

作为母亲，一方面，我为女儿的胜出感到高兴，期盼她在今后的职业生涯中能有更好的发展；另一方面，又实在担心，在这个引人注目又十分敏感的行当里，任何一点言语闪失都有可能招来意想不到的麻烦。

相比之下，女儿显得简单得多。她与我约定：她负责节目的前期录制，保证出口之言绝不损害中国；我呢，负责节目的后期播出"审查"，一旦发现问题，立刻向她反映。她会视情况而定，出面与电视台交涉。如果无法改变，大不了就辞职呗！

后来才知道，我们的担心其实完全多余。因为，这档节目在国内摄制，在国内完成配音——内容早就审查过啦！

不管怎么说，我还是有生以来头一回当起了"忠实观众"。

这档去年 8 月 18 日开播的节目，至今已播录了一百多期。旅游风光、美食养身、太极阴阳、武术功夫、平民生活……内容繁多，可圈可点。

从最初循着广告去应聘到站在镜头前主持节目，只有短短两个月时间。女儿从未接受过任何形式的专业培训。但她在镜头前落落大方、沉稳自如、自然流畅的主持风格和出色表现，已赢得了业内外许多人士的好评。如今，她已积累了一批自己的"粉丝"。我们外出时，时不时地会有人迎上来，问女儿：你就是《中国时间》栏目的节目主持人吧？然后，兴致勃勃地讲他们所看到的节目，并请女儿签名，表达他们对女儿的喜爱之情。

偶尔也会有人问我：在这方面，你是怎么培养女儿的？我可不敢无功受禄。说起来很惭愧，我不但没在这方面精心栽培她，相反，还当了一回"绊脚石"。

女儿16岁那一年，我带她回国探亲。在北京亚运村跟朋友们一起吃饭时，过来了几位陌生人。他们打听我女儿的情况，并口口声声说，我女儿很有气场，带着"星相"，长着一副很立体的、天然上镜的小脸庞，并建议，让女儿去报考与表演有关的文艺院校。我并不认识他们，因而对他们的恭维，只是不以为意地笑笑。但一旁请我们吃饭的朋友当了真——他跟这几位可是熟人加朋友。他告诉我，这几位是科班出身的、在京城很有影响的专业摄影师，阅人无数，眼光"毒"着呢！架不住他们的游说，第二天，我带着女儿，在他们的陪同下，参观了北京电影学院和中央戏剧学院，并让他们为女儿拍了一组艺术照。未施粉黛、素面朝天的女儿，在专业摄影人士的镜头下，美丽异常，让我这个当妈的也惊为天人！那时，到中国学习表演艺术的留学生寥寥无几，国内对此设限门槛很低，女儿已具备了被录取的起码资格。可后来，因为听过去的一位同行、对演艺界了如指掌的朋友谈起娱乐圈里的乱象，让我最终放弃了一时兴起的念头，带着女儿返回了德国。但我知道，从那时起，这个被点燃的梦想，犹如一盏不灭的明灯，时常在女儿心里翻腾闪亮。

上高中时，遇上德国纪念席勒250周年诞辰。北莱茵州为此举办中学生话剧创作大奖赛。女儿积极参与其中，她用德语创作的话剧被话剧院排练演出，经过专业人士层层评比，最终，获得了北莱茵州中学生话剧创作一等奖。清楚地记得，颁奖仪式上，当女儿上台领取那个唯一的个人单项创作一等奖时，从台下观众席上发出了一片惊讶呼声——大概所有人都未料到，这项竞争激烈的最高奖最后竟让一位亚裔女孩儿获得。不仅《莱茵州报》对这次活动给予了报道，WDR 和 RTL 电视台也对这次活动进行了采访。

说实话，女儿在镜头前的出色表现，一点儿也不让我这个当妈的感到惊讶和意外——我知道，女儿身上原本就具有这种天赋和潜力。

记得她 4 岁那年，我带她到照相馆去照生日照。摄影师先教她摆好了姿势，然后回到照相机前准备按快门。不料，这时旁边的灯光出了小问题。摄影师放下快门，忙着和灯光师一道调试灯光。谁也没想到，镜头前的女儿，并不因为摄影师的离开而有丝毫的松懈怠慢。她一直摆着那个固定的姿势，脸上绽放着她自认为最美的笑容，一动不动地对着镜头。现场其他人见了，个个笑得人仰马翻。但女儿不为所动，在一片笑声中，始终摆着那个姿势，绽放着那个纯美的笑容，直到摄影师按下快门。摄影师连连说，他当了二十多年摄影师，还从没见过镜头感这么强、心理素质这么好的小孩儿。结果，他额外给女儿多拍了一组照片，并把这组照片放在了照相馆的大广告橱窗里。

在幼儿园时，她被选拔出来，作为代表，参加全市幼儿讲故事大奖赛。比赛那天，老师忘了在演讲前督促她上厕所。结果，站在演讲台上，她憋不住，尿在了裤裆里。即便在这种状况下，她仍然不露声色，声情并茂，善始善终地把《小羊和狼》的故事讲完。给她所在的幼儿园争了光，获得了一等奖。老师夸赞说，这种超常表现，不是这个年龄段的孩子都能做得到。而她却说："我要是不讲完，那台下的人肯定都会担心：小羊后来怎样了？会不会被大灰狼吃掉了？"——凭着这股负责到底的精神，什么事情做不好？

不过，那一天——11月25日《中国时间》栏目大型推介会上，她第一次在台下发抖了。为什么？因为推介会上，要求她全程用中文主持节目！那大段大段的中文书面语台词，对别人或许不是问题。而对她，却是一个需要花费很大的劲儿才能跨过去的坎儿。

6岁时，女儿随我们来到德国，德语毫无基础。有半年多时间，连家庭作业都无法正确完成。为她的学习着急，那时真恨不能一天24小时都让她说德语。一年后，孩子适应了学校教育，德语进步神速。小学毕业时，在德语写作方面显露天赋，德语写作课屡得高分。但很快又出现另一个问题：孩子按德语思维说出的中文句子颠三倒四，常常词不达意。更糟糕的是，即便在家，也不愿说中文。我们用中文问话，她干脆用德语回答。如此一来，当家长的又反过头来替孩子的中文着急。让孩子学习中文、掌握中文，一下又成了当务之急。

细想起来，女儿有不少让我们津津乐道、引以为傲和欣慰的地方。但她的中文学习，却和大多数生活在海外的孩子一样，一路磕磕碰碰、跌跌撞撞，让人大伤脑筋。

那时，我们居住的城市，还没有一所面对中国孩子的中文学校。我这个当妈妈的只能自己披挂上阵，当孩子的中文扫盲老师。孩子对这种强加在她头上的额外"负担"很不理解，常常问："为什么别人都在玩，我却要学中文？""为什么放假了，我还得做这些无聊的作业？""既然中文这么重要，那你们为什么不回到中国去？"她不反感中文，却常为学中文的事跟我争论，甚至反抗。我呢，只能战略上遵循"不争论"原则，战术上实行"摸着石头过河""胡萝卜加大棒"政策。幸好，孩子还算听话，一路被强拉硬拽、威逼利诱着，把中文学到了规定水平。

中学毕业后，我们没有像其他大多数家长那样，把孩子送到美国或英国去深造，而是毫不犹豫地把她送到上海复旦大学，专修了半年中文。当女儿把她通过国家汉语语言水平考试（HSK）的证书交给我时，用地道的中文问我："妈妈，为什么在我的中文学习上，你有这么固执的坚持？"我笑着回答："其实，我觉得自己坚持得还很不够。否则，你的中文或许会更好些。"

是啊，我为什么会有这么固执的坚持？我没对孩子说：我坚持，是因为我不甘心，眼看着从第二代起，中文就开始流失、荒芜；我坚持，是因为我认为，这是家长的一份责任——让孩子多掌握一门语言，会在未来竞争激烈的职场上多一份竞争的机会和实力；我坚持，更是因为我坚信，中国的快速发展，必定会让中文产生越来越大的影响力，中文肯定能有用武之地——这其实不是我个人，也是绝大多数海外中国家长们的共识。

如今，事实证明，当初的坚持是对的。我女儿的两次成功求职，都与中文有着直接关系。第一次申请实习位置时，她很轻松地在众多求职者中拿到了唯一的位置，原因很简单——这家公司与中国有着密切的商业往来，需要懂中文的人才。第二次应聘电视节目主持人，要求具备流利的中德双母语能力，女儿再一次占了先机。尽管她用中文主持节目的水平远比不上中央电视台那些科班出身的节目主持人，但我知道，那台上一分钟流利的中文致辞，凝结了台下多少年的辛苦努力啊！——老祖宗说得对极了："台上一分钟，台下十年功！"

　　都说国外强调让孩子自由发展，不应给孩子施加任何压力。但我认为，孩子的眼光有时不一定能看得长远，关键时候，还需要家长的引导甚至必要的压力。每个孩子都具有不可估量的学习潜力。正确引导和坚持，肯定对孩子终身有益。在这一点上，相信所有海外家长都和我一样感同身受。

　　今天写出这些，是想与所有重视和坚持让孩子学习中文的家长们一道共勉。相信，我们的孩子会比我们这一代人有更多的机会、更好的发展空间。站在我们的肩头，将来，他们一定会比我们看得更高远！

一次出色的同声传译

海南三亚旅游系统组团，到欧洲来做一次大型旅游推介活动，打造三亚旅游品牌。

在意大利、西班牙等国家的不少城市巡回推介之后，最后来到了德国北莱茵州首府杜塞尔多夫市。

德国最大的有线电视台《中国时间》栏目组负责组办、录制这次推介会，我女儿成了这次节目的德语主持人。

按事先安排，我女儿只负责电视台节目主持。但在推介会开始的前两个小时，她被通知，在主持节目之外，还得担任现场同声传译，为中国方面领导及来宾的讲话做同步翻译。女儿一时有些慌神，从现场打来电话，向我求助——只要涉及中文方面的事，她就拿我这个妈妈当主心骨。

我一听，也有些紧张。同声传译不比平时聊天。再说，国内领导在台上那套话，国内人司空见惯，理解起来一点儿不难。但对从小在德国长大的孩子，能听懂吗？能理解吗？能准确地翻译成德语吗？

其实，我事先也接到了电视栏目组的邀请，主要是负责为这次活动写中文报道，登在德国的华文报纸上。本打算踩着准点赴会，现在接到女儿的求援电话，只好万分火急提前往开会地点赶。

我心里很清楚，这种时候，其实我什么都做不了。唯一能起的作用，就是做女儿的定心丸——她只要看见我，在台上就不至于太慌张。

匆匆跟女儿打了个照面，拍拍她的肩，安慰说："别担心，你准行！怕什么？又不是听不懂中文！"

然后再言简意赅地面授机宜："你不必逐字逐句地翻译，只要把大概意思翻译出来就行了。听不懂的就跳过去，别翻。总之，别把意思翻译反了就成！"

我这么教女儿，是因为我是女儿的中文老师，很了解女儿的中文水平。言之有物的中文，她基本能听懂。她听不懂的话，必定就是那些套话官腔。这样的话，不翻译也罢，不致影响大局。

现场情况比我事先预想的要好得多：上去发言的国内领导，看上去个个年轻有为，说的都是实实在在的事，讲的都是能够让人听懂的话。而我女儿的同声传译，非常流利、非常到位、非常准确！

尤其值得一提的是，三亚旅游局的一位年轻领导，全程用英语，图文并茂、生动有趣地把三亚对来宾们做了一次全方位的介绍，让人耳目一新。让我们第一次在海外看到了国内提倡干部"知识化、年轻化"的成果。

女儿的同声传译，给现场所有中外来宾留下了深刻印象。大家对她赞不绝口，夸她今后前程无量。

是啊，年青一代已开始超越我们，走到了前沿，担负起重任。这是我们的欣慰和骄傲。

顺便提一句，那天在推介会现场，女儿又遇到了她的粉丝。

自从她去年开始在电视台用德语主持《中国时间》栏目以来，已很多次在不同场合遇到她的粉丝。所幸的是，女儿一直对此抱一颗平常心，像普通人一样工作和生活。

对功名抱一颗平常心，这正是我们对孩子的期望。

小女儿的困惑

邻居瓦尔特太太生病住院了。我带着小女儿到医院去看望她。

邻床老太太见我们一对亚洲母女到来，非常好奇，不停地对我们问长问短、说东道西。好像我们去看望的人不是瓦尔特太太，而是她。

就在我想着怎么转移目标、更换话题的时候，老太太床头的电话铃突然响了。

老太太一拿起电话筒，立刻满脸幸福。旁若无人地用哄孩子的语调对着电话那头絮絮叨叨说个不停："噢！萨尼娜！我的心肝宝贝！你还好吗？真是想死你了！亲爱的，过几天我就出院了。一出院我就去接你！我也不想跟你分离呀！你忍耐几天，我的宝贝……"老太太说着说着，掉下了眼泪。

开始，我还以为老太太在跟她的晚辈讲话。可是，说着说着，就听电话那头传来汪汪的狗叫声，这才知道，原来老太太在跟她的狗讲话！

瓦尔特太太在一旁解释说："她的萨尼娜寄养在宠物饲养所。唉！在这住院好几天了，她儿子女儿都还没来看她呢！儿子在美国工作，一时回不来。女儿在南部慕尼黑，说是明天才能到。还是狗好啊，至少知道每天给主人打个电话问候一下。"

说者无心，听者有意。

这事对我触动挺大。

从医院出来，想着刚才老太太跟狗打电话的那一幕，我问小女儿："你长大后，如果有一天，妈妈生病住院了，你会每天到医院去看妈妈吗？"

我满以为女儿会嘎嘣脆地给个肯定回答。

没想到，她摇摇头说："不知道。"

"什么？"我停住脚步，吃惊地看着她，"不知道？！"

"是啊！我还没长大呢！"小女儿认真地说。

"你认为，这个问题要等你长大以后才能回答吗？"

"那当然！我还不知道长大以后做什么呢！"

"不管你长大以后做什么，如果妈妈生病了，你都应该及时来看妈妈。对父母要有良心和孝心，懂吗？"

"要是我工作很忙，或者有很重要的事不能离开，怎么办？"

"不管事情有多重要，都不能不管父母不管家。"

小女儿困惑地看着我，问："你以前不是给我讲过'大禹治水三过家门而不入'的故事吗？怎么现在又变了？"

我顿时哑口无言。

唉！为什么我们在教育孩子的时候会自相矛盾？为什么我们要拿一些连自己都做不到的大道理来要求孩子？

看时光飞逝

每天打开邮箱，都有一大堆信件在那儿等着过目。重要的，当即回复；不重要的，立马删去；有阅读价值的，留下；无保留意义的，清除。

天天都不懈怠地做着这项工作，可邮箱里的信件仍然越攒越多，就像不得不定期彻底清除大衣柜里的衣物一样，邮箱里的信件也得来个定期"大扫除"。

今天，当我一封封重新打开那些久违的邮件，决定着它们的去留时，一封家人的信，不期然地跃入眼帘。这封信，已在我的邮箱里静静躺了一年多。现在重读它，竟突然心有所动，眼里泛潮。

从未如此清晰地感到自己的幸运与幸福。

对不少人来说，亲情、友情、爱情，这些带着文学色彩的情感，犹如盛开在喜马拉雅山巅峰的奇葩，可望而不可即。为了得到它们，有人东寻西觅，有人苦苦追求。而我，却幸运地拥有它们并舒适地置身于其中，就像坐拥着看不见、摸不着的空气。这些情感如影随形，陪伴着我，滋养着我，贯穿在我生活的点点滴滴之中，让我成了一个有底气、懂欣赏、心态健康、具有慧根的人。

带着感恩的心，挂出这封信，与大家一道分享。

亲爱的姐弟们！

日子过得这样快！M过了7岁生日，X也12岁了！陪伴她们成长的日子，似平淡又常有惊喜。M 正逢换牙的苦恼，X 又开始"青春痘"的烦恼。才穿一季的裤子，又短了一截。脑海里她们的婴儿憨态还清晰，眼前站着的已是青春少女。

每一天每一月每一年，累积的日子就是我们的一生。当我们回首一生时，记住的只是日子的片段。在平淡的日子里发现惊喜，我们定会有愉快的一生。

当我们的物质生活得到改善，心灵的富足才能让我们的日子升华！

在 X 12 岁的这天，把我的感慨与你们分享。还有几张照片。

Hong

封存的诗情

又是那条熟悉的小径。

绕着一汪湖水，蜿蜒连着另一头小小的八角亭。绿树环绕，鲜花盛开。一阵微风吹过，夹杂着花儿们的窃窃私语。顺着小径缓缓走过，美妙的诗句如烟似缕，从心中袅袅升腾而起。忽然，一团迷雾飘来，横挡在面前。迷雾后面是一张摇摆不定、模糊不清的脸。是他？我努力睁大眼睛，想看清他的容貌，然而徒劳。那张脸忽明忽暗，忽隐忽现，渐渐浓缩成一颗大大的泪珠。荡漾的诗情瞬间冷却凝固，变成坚硬的冰块，猛的一下把我从梦中砸醒。

梦境如此清晰。种种细节真真切切。黑暗中睁着眼睛，仔细回想梦中情景，额头不由地慢慢渗出细汗。我向来相信，梦境与现实有着某种隐秘的联系。为什么每当诗情涌动的时候，这张模糊不清的面孔就会出现，将诗情撕个粉碎？

我当然知道，这张模糊不清的脸是谁。

20世纪80年代是呼唤思想解放、全民崇尚文学的年代。各种各样的西方思潮涌进校园，形形色色的诗歌流派方兴未艾，邓丽君的"靡靡之音"和充满生气的台湾校园歌曲四处传唱。然而，思想活跃的同时，对感情的禁锢仍然是毫不动摇的——我所就读的大学校园里严禁谈恋爱。对于公开恋爱的学生，校方有不成文的处罚方式。

萌动的、无处安放的青春激情，只能借助于诗歌来表达和宣泄。

我那时迷上了读诗写诗。每天在学校的图书馆里泡着，在笔记本上捕捉着灵感，悄悄记录着稍纵即逝的一个个闪念。想必那时我写的诗是带着点儿灵气和闪光点的，以至毕业二十五周年聚会时，我们的写作课教授还能背诵几句我当年写的小诗。

概因写作课成绩突出，我被写作课老师推荐，进了当时校园文学刊物《野花》编辑组，负责低年级的组稿。也就在那时，我认识了他。

他在学校食堂门口堵住我，把几张写得工工整整的方格子稿纸递给我，说是给《野花》期刊的投稿。我把诗稿交了上去，很快，他的诗作被刊登了出来。当我把带着油墨味儿的那份校园文学期刊交给他时，他的脸因激动涨得通红。

用今天的眼光来看，那本先用蜡纸刻、再墨印、而后装订成册的校园文学刊物制作质量实在不敢恭维。但在当时，习作能刊登上这本校园文学期刊是件不易的事，也是件很荣耀的事。当时 77 级、78 级、79 级"老三届"大学生仍然在校，中文系可谓人才济济。每一期都会收到大量投稿，稿件被淘汰的概率是很高的。

这次小小的成功，显然给了他巨大的鼓舞。从此他全身心投入写诗，几近痴迷。

忘了具体原因，没多久，这本校园文学期刊停刊了。我们同年级的两个小班合并成了一个大班。人数变多了，同学之间相互交流的机会反而变少了。我知道他的名字，却没再与他有任何接触。

大二开始，我迷上了体育运动。课余时间全耗在体育场上，摸爬滚打，一度忘了写诗这码事儿。

大三下学期，有一天忽然听说有同班同学病了，住院了。班主任老师带着一队班干部去医院看望，却唯独没通知我（我当时也是班干部）。

第二天，一位高年级学长在食堂迎面碰到我，看我的眼神有些异样。他问我："听说你跟别人谈恋爱，又把别人甩了，害得别人得了精神病。你怎么干这种事儿？"

我一听，怔愣在那儿，不知风从何起。

但凡有关"男女之事"的谣言往往如此：周围人都在风传，说得活灵活现，有鼻子有眼，只有当事人被蒙在鼓里。

事情的真相，是在被系领导叫到办公室去谈话之后才知道的。

那是我在大学四年里唯——次进系书记办公室。跟我谈话的有两位，一位是系书记，一位是系办公室主任。坐在一把简易的办公室木椅上，看着办公桌后面系书记那张威严的脸，我发现他的鼻子表面坑坑洼洼，像极了橘子皮。有那么一刻，我甚至开起了小差，联想到了钱钟书《围城》里五位教书匠一路奔波到江西鹰潭时遇到的那位押送军车的军官。

系书记让我说说我与那位陶姓同学认识与交往的过程，口气像在审问。我眨巴着眼睛拼命回想，只能勉强说出几年前他投稿的事儿——那是我们唯一的一次接触。

"就这些？"系书记有些不相信，"你不要有心理负担，老老实实都说出来，学校是不会轻易处分一个品学兼优的好学生的。"

他尽量温和地做我的思想工作。可那些话配上他那张脸还有那种语调，在我听来，就像"坦白从宽，抗拒从严"。

我努力回忆，实在想不出与他交往的其他任何细节。我们班是恢复高考之后全校最大的一个班。一百多号人，每次上课固定在一个大教室里。女生一般都坐在前排，与后排男生几乎没有互动。班上大多数男生的姓名都是通过每次课前点名知道的，以致有些女生直到大学毕业时都不能把一些男生的姓名与本人对上号。

就这么僵持了好一会儿，坐在一旁一直没说话的系办公室主任出来解围了："我看，这事儿跟她没什么关系。应该是陶同学的一厢情愿，单相思。"

系办公室主任不同于系书记，他认识每一位系学生会干部。我作为学生会文体部负责人之一，在以往学校组织的文体活动中与系办公室主任有过不少接触。他认识我，对我有基本的了解。

系书记点点头。然后，两位系领导当着我的面，商量该如何处理此事。从他俩的你一言我一语中，我听出，这位同学已被医院初步诊断患有精神疾病。而导致精神疾病的直接原因，一是因为太迷恋写诗，二是患上了单相思。这单相思的对象不是别人，正是我。

"你们凭什么断定这事儿跟我有关？"我抗议道。

系书记把几页写满了字的稿纸递给我。那是他写给系领导的一份报告。大意是，为了攀登文学高峰，为了让当代再出一位"陶渊明式诗人"，系里应该积极营造文学创作氛围，在庐山设立创作点，为他配备经费及服务人员。报告中第四点中指名道姓让系里派我去给他当助手。

"这能说明什么？"我问。仅凭这一点，就认定我是他单相思的对象？

系办公室主任没说话，意味深长地把一本 16 开大的练习簿打开，放在我面前。翻看着那本练习簿，读到了几首或深情、或朦胧、或跳跃的诗，像遭遇电击，我被完全震到了！那是些极富有才气和灵气的诗，记录了"她"在运动场上的腾跳奔跑、排球场上的奋力扣杀、走进教室时带进的一缕阳光、在食堂里无意中回头时的惊鸿一瞥、在图书室低头读书的凝眉沉思……那是他心目中的女神。所有想象能抵达的完美，都集中在这位女神身上。

我完全不知道一个人在暗中如此长久而细致地观察着我的一举一动，并用跳动的诗句记录下了这一切。不是说人与人之间会有感应吗？不是说人都有第六感官吗？为什么我丝毫没有感受到这种关注与倾心？在此之前，我是一直非常相信自己的直觉和第六感官的。我不愿意承认也压根儿不相信那位"女神"是我。

可谣言并没停息，仍然如影随形跟着我，无法摆脱，让我十分气恼。"都是诗歌惹的祸！"在那本写诗的笔记本上重重写下这句话后，我开始有意躲避和疏远诗歌，不再写诗。

是不是对诗歌入情太深，精神上都会出问题？放眼那些留着长发、不男不女、声称自己是这个流派那个流派的诗人们，个个离经叛道。一位痴迷"朦胧诗"的同学整天仰望星空，脚不着地，专业考试通不过，反复补考，差点儿留级。梦寐以求披上"诗人"的光环，却成了别人眼中的"神经病"。诗歌已不再是生活的温柔慰藉，而是扎入内心的一块玻璃碴，每次触碰，都会引发小小的刺痛。

在医院住了几个月之后，他回到了学校。系里希望他能通过补考，顺利拿到毕业证。但此次回校，他选择了另一种方式：他频频到我们女生寝室来，声称要与我探讨有关诗歌的问题，并公开说，他诗歌里的"她"，写的就是我。

记得他第一次直通通地闯进我们女生寝室，一屁股坐在对面女生的座椅上，说是要跟我单独谈谈。同寝室女生一见这阵式，纷纷回避。我强作镇定，在他对面坐下。两人中间隔了一张小书桌。那是我第一次认真看他的脸、观察他的神情。他低垂着眼，显得有些腼腆和局促，脸上因紧张带着点儿红晕。他久久没开口，似乎在寻找合适的词。我想劝他远离诗歌，也想告诉他我其实并没有他想象的那么美好，却不知如何开口。就这么久久沉默着。终于，他鼓起勇气，抬起眼光直视我，似乎想开口说什么，可在我们眼光相遇的刹那间，他长时间积聚起的勇气和词语像高耸的巴别塔，瞬间坍塌。他突然不可抑制地全身颤抖起来。这颤抖像一道强电波，猛然一下子击中了我。

那时，我对所谓的"精神病"缺乏基本常识，也对他的病情毫不了解。我不知道接下来会发生什么，这种未知让我恐惧。我本能地选择了躲避。在他还没开口之前，我从座椅上一蹦而起，三步并作两步逃离了寝室——那是我生平第一次发现自己内心深处的怯懦。

后来，有几次他到我们寝室来，恰好我不在。同寝室几位女生一见到他，立刻作鸟兽散。害怕遭遇他的全身颤抖，更害怕碰到什么不可测的事儿，我再也不敢单独面对他。我们只能寻求系里帮助，阻止他到我们女生宿舍来。

他再次陷入神智混乱之中，被送进了医院。在医院住了一段时间后，学校做出让他留级一年的决定。

有关他的身世，我都是后来从其他人口中陆陆续续听来的。听说，他来自陶渊明"采菊东篱下，悠然见南山"的九江地区星子县，从小过继给姑姑，家境非常贫苦。他考上大学，曾在当地轰动一时。而现在，他得留级，晚一年毕业。

大学毕业后的第二年，我回到母校拜访老师。正是春意盎然的时节。穿过那条熟悉的小径，绕着一汪湖水，向教师住宅区走去。四周绿树环绕，鲜花盛开。一阵微风吹过，仿佛传来花儿们的喃喃细语。忍不住停下脚步俯身看花儿，却感到背后有一道异样的目光，侧头一看，是他！我们对视了几秒钟。他分明认出了我，全身顿时像筛糠一样，颤抖起来。我再次被那种突如其来的恐惧感摄住。在心里酝酿了许多次、想对他说的那句话"我没你想象的那么完美"冲到了嘴边，却没能说出口。胆量如受惊的兔子，消遁无踪。我像当年在女生宿舍里一样，一句话没说，三步并作两步，逃兵似的拔腿开溜。

不久，听说他再次犯病，被学校开除，彻底丧失了完成学业的机会。

这次邂逅，让我在很长一段时间里深深自责，陷入一种不能自拔的负罪感之中——如果不是偶遇，或许，他不致再次犯病吧？

在我看来，他就像一面照妖镜，总是照出我人性中胆小和怯懦的一面。

不可思议的是，有好几次，在或喜悦、或悲伤、或惆怅、或愤怒的情绪中，内心的诗情开始悄悄萌动，那个场景便会不其然地在梦境中出现，高度重叠和相似，不由分说地把刚露头的诗意砸个粉碎。

我只能将那点儿残存的诗情小心翼翼包扎好，封存起来。

多年后，当我有了点儿人生阅历，开始逐渐明白，对待同一个问题，其实可以有很多种不同的解决办法，直面有时远比逃避更有效。曾多次设想过，如果我们不是生活在那个无视年轻人情感需求的年代，如果不是身处美好恋情被严厉禁止和打压的环境里，如果我们能在包容和宽松的校园中，像今天的年轻人这样，自由交往，自由恋爱，或许，就不会有这种悲剧吧？

有位女友告诉我，他的病其实是今天已被普遍认知的"青春忧郁症"，只是当时被错诊为"精神病"。

"你不必太自责。他的病其实跟你根本没有任何关系。要知道，即便没有你，也会有其他人的。"女友宽慰我道。

可我并不能释怀。

大学毕业三十周年聚会前，统计参会人数时，有同学在微信圈里提到了几位早逝的同学，其中就有他。我请他的同乡同学打听他的墓地，想在回国期间，专程到他墓地上，献上一束鲜花，祭奠我们逝去的青春，感谢他对我的所有美好想象，同时，向他那些充满才气的诗表达我的敬意。同班同学在积极地打听之后，遗憾地告知，连他的家人都说不清他的墓地在哪儿。离开大学校门之后，他的生活一直非常落魄，到处不受人待见。

在得到这个消息的那天傍晚，我正坐在自家庭院中，手捧着一杯绿茶。那一刻，凝望着天空色彩变换的晚霞，情绪顿时沉到了谷底。虽已记不清他的面容，心里却有种隐隐的刺痛。

不知他那些充满灵气和才气的诗都散落到哪儿去了？如果不是太痴情，如果不是太沉迷于诗歌，或许他不会患病，也或许，他会像大多数凡夫俗子一样，有家庭，有妻儿，过着不算圆满却也平稳安定的生活吧？

前些年我开始写作。各种文体都写过，唯独不愿轻易碰诗。

诗坛在沉寂多年之后，近几年突然异常活跃起来。海内海外，形形色色的诗歌组织"忽如一夜春风来，千树万树梨花开"。我却一直坚持着，不肯加入这样或那样的诗歌组织和微信诗歌圈——当诗歌会戳到自己的痛点时，我仍然选择了逃避。

可诗的"慧根"毕竟没有完全断绝。有时，像吐着气泡的泉眼，直往外冒。尤其在今春宅家的日子里，当病毒的消息充斥着所有媒体，在网上网下四处蔓延；当全世界的死亡人数每天直线飙升，搅得人心不安、夜不能寐时，那些断断续续的诗句便会随着情绪的起起落落不断涌出，而此时，那个奇怪的梦就会时不时相伴出现，那张至今我已记不清容颜的面孔就会在浓雾里忽明忽暗。

这是一种什么暗示?

咕嘟咕嘟冒着泡泡的一点儿诗情,在团团浓雾中,再次冷却下来。

自以为走出了很远很远。蓦然发现,"过去"就在拐角处,随时都有回来的可能。

爸爸，愿你安息

小弟发来微信，告知爸爸于今天（3月12日）凌晨3：40离开人世，走得平静而安详。

看着那一纸死亡通知书，忍不住泪水汹涌！

历历往事，如潮水般涌上心头。爸爸抚育和陪伴我们成长的那些温馨美好的生活片段，像涓涓溪水，在心底潺潺流淌。

许许多多的话，想对爸爸说：

爸爸，记得上大学后的第一个寒假，有一天，你和我饭后坐在桌前聊天，你说到了当年我出生时的事。你说，我出生时，正是寒冬腊月。你当时在离南昌45里远的鄱阳湖畔的生产建设兵团工作，没有公交车，也没有轮船。我来到这个世界，让你心中充满喜悦。你顶着严寒，连夜步行赶往南昌。那时你年轻，身形矫健，步履如飞，脚下犹如装了弹簧。那时艰苦，可你并不觉得苦与累。

爸爸，你还很详细地跟我描述过，在漫天飞舞的大雪中，你一边护着产后的母亲上船，一边笨拙地抱着襁褓中的我。初为人父的你，毫无经验，紧张忙乱中，竟然把我头朝下脚朝上一路抱回了家。你愧疚地说，我小时候总犯头晕的毛病，大概就是那次"头朝下脚朝上"给闹的，而我却笑说，我一直大脑供血充足，考试时脑袋从不缺氧，说不定就是你那次"头朝下脚朝上"给练出来的呢。

爸爸，你心肠柔软，性格温和，却拙嘴笨舌，不善表达。从小到大，我只听你反反复复讲过一个故事：有一个人，要到幼儿园去看女儿，新来的同事给他几粒糖，请他把这糖转交给自己同在幼儿园的女儿。这人为难地说：可我不认识你女儿啊。新同事说：没关系，到了幼儿园，你看见哪个小姑娘最漂亮，把糖给她就行了。这人从幼儿园回来后，新同事问：糖给了我女儿吗？这人说：我看来看去，觉得幼儿园最漂亮的小姑娘是我女儿，就把糖全给我女儿了。每次到了故事结尾，爸爸你总不忘总结道：天下父母，都觉得自己的儿女才是最漂亮的！是啊，爸爸你何尝不是如此呢？我们几个儿女，在你眼里都是最漂亮的。

爸爸，我还记得，小时候，每到夏天，我身上总是长疖子。有一天，你端着一大茶缸热汤回家，让我把茶缸里的"热鸡汤"赶紧喝了。那天，你戴着草帽，挽着裤腿，脸上身上的汗让你像个地道的汉人（汗人）。第二天，我才知道，那是你带劳教人员出工时，抓到了一条大蛇，在空旷野地里，熬了一锅汤。你用茶缸装着，步行走了几里路，赶回家让我喝。因为蛇汤清毒带凉，可以防止长疖子。果然，从那以后，我身上再也没有长过疖子。

爸爸，我还清楚地记得，小时候，你带着我们回老家的情景。每次进村庄之前，我们都得横蹚一条小河。小河上没有桥，你总是脱得只剩一条短裤，先小心翼翼地把不识水性的妈妈抱过河，然后，再把我们几个孩子一一抱过河，那时刻，总是让我们几个孩子快乐得尖叫。

爸爸，你有一颗童心未泯的心。你不仅喜欢陪着儿孙辈们玩耍、看动画片，更满心欢喜地观察和欣赏儿孙辈带着童稚的点点滴滴。说起儿孙辈的种种趣事和点滴成长，你向来乐此不疲。如果这辈子搞儿童文学，说不定你也能成大家吧？

爸爸，你是运动健将。你在篮球场上的英姿，曾怎样俘获了妈妈年轻的心！曾经不止一次听妈妈说过：你爸爸在篮球场上投篮时，那身段就像面条似的！妈妈每次在说到这儿时，手指都会在空中画出个大大的 S 型。我虽然没看过你投篮，但我看过你在体育运动会上背越式跳高的情景，那翻越横杆的身段，的确"像面条似的"。那次，你得了全场第一名。

爸爸，你是农业专家。你的种子研究成果，今天还在造福于社会。你总是说，人生一世，总要做些对人类、对社会有意义的事。你是这么说的，也是这么做的。我们为你感到骄傲。

爸爸，作为中国知识分子里的一员，你同样经历了人生的许多风风雨雨。晚年的你提笔写下了自己的回忆录《走过的路》。虽然不能发表，但让我们做儿女的从中了解了你的成长轨迹以及心灵和灵魂的洗礼与反思。你为我们留下了极其宝贵的精神财富。

爸爸，此刻，我含着热泪，用朴实的语言讲述着与你有关的故事，因为我知道，你一贯喜欢朴实，不喜欢华而不实。3 月 12 日恰逢植树节，你选择在此时离开人世，似乎冥冥之中自有安排。你一生热爱土地，或许，你已化作一棵大树，坚守在你热爱的土地上。

爸爸，在与你告别的哀痛时刻，我们每个子女都能说出一串你在我们生命里留下的那些快乐温馨的故事和片段。那些亲情，那些无法忘怀的故事和片段，点点滴滴，渗入心田，融化在我们血液里，永留在我们记忆中。

爸爸，谢谢你！谢谢你给了我们端正的容貌、健康的身体、聪慧的头脑、运动的天赋和一颗善良的心。我们延续着你的生命，同时，我们会把你的优良美德和品格传递给我们的下一代。

安息吧，爸爸！

给母亲的一封信

　　母亲微瞌着双眼，随着呼吸机运转的"呼呼"声，轻浅地呼吸着。气若游丝，犹如清晨湖面上淡淡的白雾，一阵清风就可吹散。

　　坐在母亲病榻前，不错眼地看着母亲。掐着手上的时表，细数着母亲的呼吸次数——从小到大，我从没这样长时间地认真观察过母亲睡眠的样子。

　　二次中风之后的母亲已丧失了所有行动能力，接近于植物人。不再有情绪的起伏高低，也不再有感情的大喜大悲。

　　与母亲在世上相守的日子已经触手可及地进入了倒计时。想向母亲倾诉的念头越来越强烈。就像国内所有同龄人一样，我从没好意思对父母说过"我爱你"，也从没好意思对父母说过感激的话，尽管这种爱、这种感激早已镌刻在我的骨髓里，流淌在我的血液里。母亲即将与生命告别。这种时刻，我还有什么不好意思对她说呢？

　　隐约记得哪本书中说过，人在昏厥的时候，身体所有感官都处于关闭状态，唯有听力除外。而处于混沌不醒的昏睡状态中的人，听觉是不是也像雷达一样，始终是张开的？

　　我决定把几天前写好的信读给母亲听——不管她是否听得见，我都要读给她听。

妈妈：你好！

有很长很长时间没给你写过信了。如果没记错，上一次给你写信，还是我读小学二年级的时候吧？那时，我在东北姥姥家，十分想念你和爸爸，于是提笔给你们写信。刚刚扫盲的我还有不少汉字不会写，只好汉字中夹着汉语拼音。记得我当时正好读了一本《常识》小册子，其中有一篇讲的是如何正确写信封及写信的标准格式。我照葫芦画瓢，在信的结尾处，也写上了："此致致以崇高的革命敬礼！"这件事被你"表扬"过很多次。长大后才明白，那些表扬的话其实都是调侃。你也知道，在当时的教育环境里，小孩子说大人话，是再正常不过的事。

现代通信的便利，早已让人们忘记了写信。而我现在仍然坚持选择用这种"老套"的方式，是因为，我以前的文字都是写给别人看的，只有这次是写给你的，也只有这种文体，才能让我更直接、更顺畅地向你表达我的感激之情。

不记得哪位名人说过：人的一生很漫长，而关键处只有几步。

与你经历的狂风巨浪相比，我的人生之路可谓一路坦途。无须披荆斩棘，少有跌跌撞撞。虽然，偶尔也会遇到一阵风、一场雨，一些小沟小坎，所幸，每一次都能逢凶化吉，遇难成祥。如今，我已年过半百。当我开始换乘人生之舟，航行在波澜不惊、风和日丽的湖面上；当我鼓起生命的风帆徐徐驶向宁静的港湾时，回首一路收获的风景，蓦然发现，我人生的每一个关键点，都有你的睿智决断、明确指引和慷慨助力。妈妈，你不仅给了我生命，更在我的生命里打下了坚实的温暖底色。

我人生遇到的第一个坎，是 7 岁那年生了一场大病，患上了急性脑膜炎。作为医生，你第一时间对我的病做出了诊断，并连夜把我送进了省城最好的部队医院，得到了及时救治。病中经历的许多细节都已淡忘，唯有一件事情记忆深刻：戴着领章帽徽的军医在给我做了各项检查之后，告诉你，医院刚购进了几盒进口注射液，对治疗脑膜炎有特效。但这种药一是非常昂贵，二是需要特批，只有高级首长才有特权使用。你得知后，当即果断决定，无论如何，砸锅卖铁也要给我用上此药。你使出浑身解数，调动各种关系，终于拿到了特批。那几支注射液花去了你整整一年的工资。正是这几支救命的特效进口药，保住了我的脑神经和记忆力没有受损，也没有留下任何后遗症。主治大夫因为我这个成功的医治案例，得到了单位的大力表彰，而主治大夫在我出院的那天，用手轻轻拍着我的头，说：别忘了，还要好好感谢你妈妈啊！

是的，妈妈，感谢你！没有你的当机立断，我肯定就成了残疾人，我的人生会是另一副模样。

小学毕业那一年，恰逢恢复高考。拖着童年的尾巴刚刚迈进青少年门槛，一切都懵懵懂懂。还是孩子的我们压根儿没有意识到这个改变千千万万年轻人命运的政策与我们有何关联。我们依旧在上学途中的橘子园中蹦蹦跳跳，在漫山遍野的映山红花丛中奔跑玩耍，上树摘红枣，下河摸小鱼，在没有暑假作业，更没有升学考试的压力中，过了一个无忧无虑、十分愉快的暑假。

一开学，你果断地将我们姐妹俩转学到了离家30千米远的县中学。你像诊断病情一样，判定县中学的师资力量和教学质量都优于我们就读的农场子弟学校（该农场是一个半军事化的生产建设兵团）。转学，绝对有利于我们将来考大学。而在当时，人们还普遍没有区分重点中学与普通中学的概念。事实证明，你的这一决定极有先见之明。我们就读的县中学在一年后迅速被列为全省重点中学，在历届高考中占有极高的升学率。

可学校的住宿条件实在太差。女生宿舍是几间大教室。没有防潮的黄土地面一年四季散发着一股潮气。所有上下铺挤挤挨挨连成一片，像没有过道的大通铺。阴暗潮湿伴着跳蚤和臭虫的昼伏夜出，我们经常被咬得浑身起大包。

清晨六点半起床上早操，七点整上早读课，晚上十点准时熄灯。从未离家的我们很不习惯这样的集体生活，我们想回家。

仿佛看到了我们的心思，有一天你专程到学校来，告诉我和妹妹，场领导开了一次党委会，对我们的转学做出了决定：命令我们姐妹俩重新转学回到农场子弟学校。理由是，如果大家都像我们这样，那农场的学校还怎么办下去？

然而，你没有放弃，你挨个儿找场领导评理，从"国家实现四个现代化需要人才"，到"知识就是力量"，从家长望子成龙的心理，到孩子成长必备的环境，等等，你据理力争，硬是说服了一个个党委成员，你由此也得了一个"大学迷"的雅号。

我们早就知道，你和爸爸的工作单位有一项照顾子女就业的政策，叫"自然增长"，即，子女高中毕业后，可以安排在本单位工作，穿上警服，进入事业编制。这是铁饭碗啊！因为违抗了党委会的决定，我们付出的代价是，今后再不能享受这项优待政策。

清楚地记得，那天你穿着一身警服，站在中学大门口的立柱旁。正午的阳光直射在你头顶，警服上的领章帽徽熠熠发光。那身警服，是多么让我羡慕啊！我一直渴望长大后能像你一样，也穿上这身警服。而你却清楚地对我们姐俩说："你们今后只有两条路可选择：要么考上大学，要么下乡当农民。"

你让我们小小年纪就懂得了何谓"背水一战"。

初中毕业的全县统考中，我以 0.5 分的微弱差距名列全县第二。那一年，学校得到了两个中专名额，按成绩排列，我被一家中专学校录取。录取通知的电话打到你单位，你毫不犹豫就拒绝了，说："这个中专指标让给其他同学吧。我女儿选择继续上高中。"

要知道，我周围多数同学是农家子弟。上了中专，相当于进了体制内，这是多少人梦寐以求的机会！而你却代我主动放弃，这让学校大吃一惊。学校要求你去完善一下"放弃"手续。于是，你带着我搭乘场部吉普车到了学校。整个手续办理只花了几分钟时间。你用龙飞凤舞写处方的草体字写道：我女儿刘瑛身体健康，接受能力强，有很好的学习能力。故选择进入高中继续学习。我们志愿放弃此次中专指标。"

回家的路上，你用不容置疑的口气对我说："你的人生起点应该更高。你的目标应该是将来上一所好大学，而不是中专。"

很多年之后我才意识到，你这个决定，对我的人生产生了多么重大的影响！

高一我被分配进了理科"尖子班"。全班 60 位学生，只有 3 位女生，都是全县统考选拔出的尖子生。我的成绩依然名列前茅。你殷切地希望将来我能像你一样，当一名救死扶伤的医生。我也是这么想的。可在高二时，这一切突然都变了。

妈妈，你一直不知道，为何我在高二时瞒着你突然改换了文科。当时，我不敢对任何人说。现在，我可以告诉你了。

还记得吗？高一暑假，我到你工作的医院科室去，正碰上你准备主刀做一台胃切除手术。或许是为了培养我将来当医生的兴趣吧，你让手术室护士给我穿好白大褂、戴好手术帽和口罩，进到手术室里，看你给病人做手术。毫无思想准备的我，在肃穆的手术室里闻着异样的消毒水味，看着无影灯的冷峻照射，听着心电仪的波动声，紧张得双腿发抖。再后来，见你操着手术刀，对着白布覆盖下的病人肚皮一刀划下去，之后，接过助理护士递上的一把把钳剪，麻利地把像五花肉一样的肚皮层层剥开，沾着血的棉球一团团被扔进一旁的医用垃圾篓，我的头皮禁不住阵阵发麻。一个多小时之后，当被切下五分之四的病变胃囊"啪"的一声扔到我面前摆着的托盘里时，隔着厚厚的口罩，都能闻到那令人作呕的酸臭味。我再也克制不住，冲到手术室外，翻江倒海地呕吐了起来。

这件事对我的心理冲击太大了！我突然明白，原来外科医生就是干这个的呀！每天给人开膛破肚，在手术台旁一站就是几个小时，这绝不是我想要的生活！

开学后，我自作主张，立刻转到了文科班。我的目的很明确，就是逃避学医。理科班的老师们都对我这个决定感到意外。他们认为，我的学习成绩一向稳定，只要高考发挥正常，考上一所全国重点大学是绝对没问题的。数理化老师轮流找我谈话，我不为所动。我不敢向任何人解释改科的理由，怕他们告诉你，再来向我施压。那是我第一次为自己的人生做出决定。半年后，当你知道我改文科的事时，已经木已成舟。你对我大发雷霆，说：学好数理化，走遍天下都不怕。学医受人尊重，到哪儿都吃香。文科有什么好？

妈妈，我知道你的担心。不过，你在大发雷霆的时候，根本没想到这事是你一手造成的。如果不是你揠苗助长，让毫无心理准备的我进手术室看你主刀那台手术，我的专业志向怎么会突然出现这180度的大转弯？

不管怎么说，我得感谢你！大学四年中文系，我以专业为名，读世界名著，看着名电影，吟唐诗宋词，诵古典名句，那是那多么地深合我意啊！这辈子哪怕不写一个字，不当文人，也值了。无法想象，我这个看见血就腿肚子发软的人，如果懵懵懂懂进了医学院，解剖骇人的尸体，分析可怕的病菌，那会怎样？或许，我会在一次次巨大的心理挑战中，半途而废，最终选择放弃。

你的武断，铸成了我的另一种人生，至今无悔。妈妈，谢谢你！

妈妈，你一向聪明能干，具有超人的敏锐性和洞察力。在平淡无奇的生活中，你总是比常人更清楚，哪里是关键点。

20 世纪 80 年代末，我们想出国留学。你的二女婿在拿到了德国大学的录取通知书后，却不能成行，因为他无法在个人账户上存入足够的德国移民局要求的"自我担保"金额。你得知消息后，毫不犹豫地拿出家中所有的存款，交给了女婿，全力支持他出国留学。有些亲友知道后，提醒说，万一你女婿出国后变心了，你岂不是鸡飞蛋打？你大气地回答说：我们家不出这样的人。万事皆有因果。有这样的"因"，我相信我女儿的"果"不会差到哪里去。

妈妈，今天，我们已在德国落地生根，一家人其乐融融地生活在一起。孩子们在德国健康成长，如今已能游刃有余地胜任自己的工作。我们享有世界上一百多个国家来去自由的便利。我知道，如果没有你当年的鼎力相助，就不可能有我们今天的这一切。

在键盘上敲下这一行行平淡无奇的文字，完全不同于我与你平时聊天。我想用这种庄重的形式，向你倾诉我对你的感激之情——即便是亲人之间，也该有仪式感啊！

妈妈，谢谢你！谢谢你和爸爸给了我生命。谢谢你们给了我端正的容貌，健康的身体，聪慧的头脑，运动的天赋和一颗善良的心。我延续着你们的生命，同时，会把你们的优良美德和品格传递给下一代。

　　妈妈，我从来没对你说过"我爱你"，也从没对你说过感激的话。今天，我要向你说出这一切。如果真的有来世，下辈子，我还要选择做你的女儿。

　　妈妈，你听见了吗?

　　母亲自始至终微闭着双眼，表情十分安详。我不敢确定，她是否听到了我的朗读?

　　放下手提电脑，一口气喝干了杯子里的水。

　　在放下水杯的一刹那，我惊讶地看到，从母亲的眼角里缓缓滴下了一行泪珠!

　　母亲分明听到了我的声音!

　　我轻轻握住母亲的手，分明感到，爱的电流在我们之间传递。

莱茵河畔的光与影

旅途随记

牛气冲天的 LV

有道是：爱美之心，人皆有之。

谁说只是男人爱看美女？其实，很多女性同样爱看美女。对于美好，谁不动心？

我是个特爱欣赏美的人。遇上美女，绝对不会比男人少看几眼。对那些一眼看不够的美女，我甚至会肆无忌惮地行"注目礼"。以至于有一次家人奚落我，说我看美女的眼光带着"贪婪"。

话说那天在巴黎香榭丽舍大街，我把这"贪婪"又进一步发挥了一下：不光肆无忌惮地行"注目礼"，还举着相机跟在美女们的屁股后面一个劲儿地乱拍。就在我东一榔头西一棒子、不得要领却乐在其中时，忽听背后响起一个沙哑的、带着江浙口音的女声："请问这位小姐，是中国人吧？"

回头一看，一位戴着眼镜的中年妇女带着非常谦和的微笑看着我。

"对。什么事？"我问。

"是这样的。"她舔了舔嘴唇，态度带着求人时的谦卑，说，"我是上海人。想在巴黎买几件像样的东西回去送人。想请你帮我一个忙。"

"什么忙？"

她没直接回答，而是先给我戴起了高帽子："我在这儿看了很长时间，就想选个可靠的人帮我这个忙。刚才我一眼就看中了你。你是个看上去很面善的人。"

一听此话，我笑了起来。因为，以前我到庙里烧香拜佛时，曾经不止一个庙里的寺主对我说过这样的话："你看上去很面善。有佛缘。"有位方丈甚至告诉我，我是个有"慧根"的人。此话让我在很长一段时间里深信不疑。有次一时兴起，还差点儿出了家——没办法，我这人就是爱听好话，经不住夸奖。

现在这妇人又忽地说起这个，莫非想让我帮忙"出家"？

见我笑得很放松，一副很受用的样子，妇人立刻不失时机地提出自己的愿望："是这样的。我想请你到路易·威登专卖店去，帮我买几个 LV 包。"

"你自己不能买吗？为什么要我去？"

"是这样的。"那妇人脸上的谦卑表情又更加深了一层，"我想要的，是限量版的 LV 包。买限量版都需要出示个人证件，是限购的。我已经买过一次了，他们那里已有记录，就不让我再买第二次了。我想再买几个拿回去送人。所以，想请你出面，去帮我买几个 LV 包。"

以前曾经历过，买某些名牌时，对方十分客气地请我们填表或出示个人证件，其目的无非是为了能更好地提供持续服务或把我们列为重要客人，过后不断向我们无偿提供他们的新产品信息。在物质极端丰富、名牌随处可见的欧洲，哪有让客人出示证件却不让客人称心购买的事？

"我知道你心肠好，肯定会帮我这个忙！"见我眨巴着眼睛将信将疑，那妇人脸上的表情在央求中又多了一份急迫。生怕我退却，她在给我戴高帽子的同时还一个劲儿地给我上发条，"都是中国人，出门在外不容易哦！帮帮忙吧！帮帮忙吧！"

"我怎么帮你？"我问。

那妇人立刻从包里掏出几张用透明塑胶皮夹着的目录来，指着给我看："你就帮我买这几款，或者这几款。能买多少就买多少。"

我定睛一看，那都是最新出来的 LV 包限量版图片，每款下面都清楚地标明其编号、价格。这么专业、齐全地收集 LV 包限量版的资料，显然是个内行。我立刻断定，这妇人说的"拿回去送人"是谎话。

但此时我的好奇心已被高高吊起。

我决定到 LV 店去走一趟。一来看看这限量版 LV 包的"庐山真面目"，二来验证一下，这名牌店是否真的到了"有钱买不到东西"的地步。

孩子他爸带着俩孩子走在前面，见我迟迟没跟上来，便停下来等我。我一溜小跑追上去，告诉他们刚发生的事。正说着，那妇人也紧跟了过来。见了孩子他爸，又是一阵好话，连声说："都是中国人，出门在外不容易哦！帮帮忙吧！帮帮忙吧！"

不可否认，这妇人是个懂心理的主儿。她不光把我夸得恰到好处、吊起我的好奇心，现在，又三言两语一下唤起了孩子他爸的仗义之心。他问："怎么帮你？"

妇人又把她的愿望如此这般说了一遍。

"我们就帮帮她吧？"我带着明显的倾向问孩子他爸。

"那好吧！"孩子他爸皱着眉说。

妇人一下兴奋起来："太好了！现在又可以多一个指标了！用两个人的证件可以多买几个！"她又掏出那张 LV 目录表，指给孩子他爸看。

为了准确起见，我干脆从包里掏出纸和笔，把那些她想要的款式的编号一一记录下来。

妇人打开随身背包，麻利地从里面拿出几张 500 欧元一张的大票，递给我："我先给你 3000 欧元。"

我刚接过，她的手又伸进包里，再掏出 1000 欧元，递给我："你就拿 4000 去吧。尽量多买。"

一旁从美国来的小外甥女，见那妇人不眨眼地一个劲儿往我手里塞钱，忍不住问她："你怎么这么相信我们？你不怕我们拿着你的钱跑啦？"

"不会的！不会的！"妇人连声说，"我知道，肯定不会的！"

还有什么比无条件的信任更让人感动的？

我郑重其事地把那 4000 欧元大票放进包里。然后，跟孩子他爸带着两个孩子一道，向矗立在香榭丽舍大街旁、大名鼎鼎的 LV 店走去。

预知后事如何，且听下回分解。

在巴黎 LV 专卖店的购物经历

话说那天我接了妇人塞给我的 4000 欧元大票，没做多想，就跟孩子他爸领着俩孩子往香榭丽舍大街对面的 LV 专卖店走去。

还是小外甥女机灵，脑子多根弦。她跟在我屁股后面，慢声细气地提醒道："万一她给我们的是假钱，那怎么办呀？"

一听此话，我猛地打了个激灵。哎哟！在德国待得时间长了，整个成了一根筋！把老祖宗"害人之心不可有、防人之心不可无"的训导全忘到爪哇国去了！我怎么光顾着好奇，却没想到有可能别人骗我、坑我呢？万一她是假钞票集团的走卒、拿着假钞让我去上钩呢？我把自己的证件出示登记了，却被人发现拿着的是大票假钞，那岂不成了送上门去的刀头肉，一下栽了吗？没准儿法国警方正满世界撒网找这造假的主儿呢，我这一伸头，整个儿一个瓮中之鳖！到时百口莫辩，就是跳进黄河也洗不清呀！

"我们只坚持一个原则：在店里绝不刷我们的信用卡。"孩子他爸倒是心里有数，早有对策。

没错，如果用我们的信用卡买了包，那我们就得收着那妇人给我们的钞票。我们帮她买了真家伙，却收了她的假钞票，那我们岂不成了大傻帽？

我把手伸进包里，摸了摸那几张崭新的欧元大票，忧心忡忡："应该不会是假的吧？"

"从她拿的那些目录表可以断定，她是做这一行生意的。"孩子他爸冷静分析道，"既然做名牌生意，应该不会为了区区几千元来骗人。再说了，要骗也是骗你呀——你这人一看就是容易上当受骗的主儿。如果纯粹为骗人，她就不敢尾随你跟到我面前来。"

"万一真是假钞票呢？"我腿肚子这时开始有点儿抽筋了。

"那我们就实事求是把事情和盘托出，配合警方把事情查清楚呗！大不了在巴黎再多住几天。"孩子他爸说，"如果真是这样，那我们就吃一堑长一智吧！谁让我们爱管闲事呢？"

说着说着，我们已进了 LV 专卖店。

抬眼一看，哎哟！里面人头攒动，客人几乎清一色的中国人！连营业员也几乎一半是亚洲人！

我找了个看上去长相甜美的亚洲服务生小姐，把手上抄好的纸条递给她，上去就直接跟她说中文："我想要这几样东西。"

服务生小姐看了纸条，脸上带着职业的微笑，说："这几款是最新出的限量版。买它们需要出示个人证件。你带了个人证件吗？"

我点点头。

她把我领到登记处，把我的证件资料输入电脑，说："根据你的个人证件记录，可以一次买 6 个包。"

这个数量正好是那妇人让我抄下的数量。看来，那妇人的确是个懂行的人。

"请您稍等一下。我这就去取包。"她转身进了柜台后面的储藏间。很快，她拎着几个包走了出来，后面还跟着一位手上也拎了几个包的法国漂亮女服务生。那法国女服务生戴着白手套，很职业地把包一个一个打开，分别掏出系在包里的编号小牌牌，跟我跟手上的纸条一一核对。四个背包，两个钱包，完全正确！

我努力睁大眼睛，想仔细看清楚，这限量版的 LV 究竟跟其他包有何区别，特殊在哪儿？

恕我老眼昏花，不错眼珠地使劲儿看了半天，还真没看出什么特别来。而且，摸上去手感挺硬，看上去颜色不美。尤其是那女士背包的款式，里面没有隔层，包口没有拉链，装进去的东西几乎可以一目了然！

在我看来，背包无非两大功能：一是实用性，二是观赏性。背包是用来装东西的。为便于分类，总该有个隔层吧？为安全起见，总该有个拉链吧？可人家限量版的 LV 就是牛得除了印两个字母在上面，其他什么也没有！

老实说，我个人并没有名牌情结。每次进名牌店，几乎都是陪朋友或受人之托代为购买。事实上，对昂贵的名牌服装及服装配饰，我心理上一直有种排斥。为什么？

透露个秘密吧：到德国后不久，我们跟一家名牌公司合作。对方提供设计，我们负责生产。我们的价格是 29 马克，到了对方专卖店的橱窗里，价格是 1029 马克！知道了这其中的巨大水分，让我在还没有树立名牌消费意识之前，就几乎与名牌绝了缘——付出高出十几倍甚至上百倍的价格只为显摆那个所谓的"名牌"，这不是犯傻是什么？

"请帮我计算一下，总共多少钱？"我问。

服务生小姐把计算结果告诉我："3980 欧元。"

比 4000 欧元只少 20 欧元！那妇人果然是个道道儿上的人！

"我都要了。"我说。

服务生小姐客气地把我领到付款台。这时，出问题了。

收款员请我用银行信用卡支付，而我坚持要用现金支付。那长相甜美的亚洲女服务生在一旁跟我解释："她是在执行店里的规定。一般来说，超过了 1000 欧元，就要用信用卡支付。"

我说："我是客人。难道我还不能自己决定用什么方式支付？"

服务生小姐说："用信用卡支付更安全，也显得更有身份呀！背 LV 限量版包，本身就是一种身份象征。"

我差点儿没脱口而出：我可没觉得背了这包就有啥特别身份象征！转念一想，还没最后成交呢，便把这溜到嘴边的话强咽了下去。

"这次我只想现金支付。"我坚持说。

服务生小姐见双方僵持不下，便转身去向大堂经理请示。过了一会儿，她过来告诉我大堂经理的决定："你现在最多只能买 2 个背包、1 个钱包。"

"为什么？"

"这是一个人能买的指标。我们刚才给你的是两个人的指标。"

"是不是因为用现金支付，你们就把指标收回去？"我当记者的职业病开始犯了，刨根问底起来。

"不完全是。我们刚才只登记了你一个人的证件。因为你是德国证件，所以宽松些。如果是中国证件，就要严一些。"

从进店起就一副"事不关己，高高挂起"的孩子他爸，一听这话，不高兴了，问："什么意思？德国人可以多买，中国人就不行？那好，把我的证件也登记上。我们两个人，总可以了吧？"

服务生小姐不能做主，便领着我们到大堂经理那儿。50 多岁的大堂经理是典型的法国妇人，穿着得体的职业装，擦着厚厚的粉脂，浑身散发着法国香水味儿。

大堂经理坚持说，即便出示两人证件，也只能用一人的指标。因为：第一，我们俩是一个家庭，一个整体，只能算一份；第二，买三个包，价格 1000 多欧元，与规定的现金支付额度相差不大。

既然如此，那就只买 3 个包吧！孩子他爸很负责地挑了 3 款价格最贵的背包和钱包。

还别说，这回算是亲身经历了，人家 LV 就是牛到了有钱也不卖给你的份儿上！送上门去的那 2000 欧元营业额，人家愣是不稀罕！

重新回到付款台。

拿出那 500 欧元的大票，我心里还有点儿打鼓：忙乎了半天，可千万别是假钞啊！

上帝保佑！钞票全是真的！

付了款，服务生小姐把我们领到后面的一个僻静休息处，请我们坐下，再给我们端上可口的饮料。

法国漂亮女服务生把背包、钱包放到我们面前，请我们过目、确认。然后，当着我们的面，把那些包分别装进精美的包装盒，系上漂亮的丝带，再一并装进一个考究的大手提纸袋里。最后，把一张很挺括的账单交到我们手里。

这又是 LV 与别人的不同之处：一般都是客人拿着挑好的东西去付款，而 LV 是先付了款后再拿东西！

喝完剩下的饮料，我拎起那大纸袋就准备往外走。

"我来，我来！"那法国漂亮女服务生拎过手提袋，一直把我们送到大门外。然后像日本女人似的，毕恭毕敬地弓着近 90 度的弯，把那大纸袋交到我手中。

我接过纸袋，站在店门前东张西望，想找到那个妇人。

小外甥女眼尖，一下就看到了站在不远处躲在书报亭后面的妇人，正在那儿向我们招手，示意我们过去。

我们走了过去。

那妇人像拜菩萨似的，对我们双手合十，一个劲儿地说：谢谢！谢谢！

我把大手提纸袋递给她，再把账单和没花出去的钱往她手里一塞，说：真没想到这么麻烦！耽误我们太多时间了。

是啊，下午我们还得赶着回德国呢！

那妇人已顾不上答话，她的注意力全到账单和现金上去了。她眨巴着眼睛开始核算我还给她的钱是否正确。看到那 2000 欧元大票，她连说：对！对！没有错！

我们转身离去。

一边走，两个孩子一边抱怨：耽误这么多时间！剩下的地方不去了！

我对孩子他爸说：我怎么这么傻呀？怎么就没想到跟她讨价还价，要点儿好处费呢？

孩子他爸揶揄道：你顾得上吗？我看你没上当受骗就谢天谢地了！

正说着，忽听背后响起那妇人有点儿沙哑的声音：先生、小姐请留步！

我回头一看，那妇人手上的大手提纸袋已不见了。问："什么事？"

"刚才我算了一下，你们还差我的钱。"

"什么？"我一听，一股热血猛地涌了上来。难道这上海妇人以德报怨、想反身讹诈我们不成？

"差多少？"孩子他爸冷静地问。

"20 欧元。"上海妇人说，"你们再检查一下，是不是忘在包里了？"

我打开随身挎着的那个布袋子——忘了介绍一下，那天我肩上一直挎着个在超市买东西的布袋子，里面装着孩子外出需要的水和一些水果、小吃——一看，果然，有张 20 欧元的票子和那张抄货号的纸条圈在一起。原来是纸条夹着 20 欧元从卷着的 500 欧元大票中滑落了出来。

"20 欧元你还来跟我们计较？"这时我已缓过劲儿来，决定跟这妇人讨价还价一番，"就当是我的劳务费吧！给这俩孩子吃顿麦当劳。"

"哎哟！那怎么行？那怎么行？"那妇人连声地说。

我懒得再废话。掏出那 20 欧元给她。谢谢！谢谢！她接过钱，嘴里在说着"谢谢"的同时，转身溜了个没影儿。

我看了看包里那张剩下的纸条，不由得佩服：这妇人门槛真精！

巴黎惊魂记

写了在巴黎香榭丽舍大街偶遇买包妇人，再到 LV 专卖店替她买包的经历之后，得到的并不是鲜花和掌声。朋友们在夸我"好心肠"的同时，都忍不住当头敲我两棒子：下次千万不能再做这样的好事！小心上当受骗！

按理说，在异国他乡，帮助一位素昧平生、前来相求的同胞，本是件让人称道的事。可为什么所有朋友都替我担心、叫我提防？

凡事都有因果。

为什么我会搭理那妇人？为什么在判定她"买包送人"是谎话的时候还仍然出手相帮？

这其中，除了我本身的好奇心之外，还与前一天我在巴黎卢浮宫前的一段经历有关。

说起来挺惭愧，到过巴黎很多次，却没进过一次卢浮宫。不是不想进，而是没时间进——卢浮宫前那长长的排队每次都让我望而却步。

这次陪着自家两个孩子，便下定决心，无论如何要进卢浮宫看看蒙娜丽莎的微笑和美神维纳斯，在让孩子开开眼界的同时，也让自己受点儿艺术熏陶。

那天天气奇好。

卢浮宫前的广场上，长长的队伍一如往昔，神龙见首不见尾。

　　小外甥女看着一眼望不到头的长队，估摸着还要等很长时间，便来向我请求："能不能让我现在去买幅画？"

　　我不准许："等我们参观完卢浮宫再说。"

　　"那就太晚了！等我们出来，说不定那卖画儿的人早就不在了！"小外甥女一脸的焦急。

　　"卖画儿的人在哪儿？"我问。

　　"就在不远处。"外甥女指了指前面，她也说不清具体位置。

　　"不行！"我说。小孩怎么能离开大人？

　　"求求你了！"小外甥女撒起娇来，"现在不买，下次恐怕就碰不到了！明天我们就要离开巴黎了。"

　　我一想，也是，孩子万里迢迢来一趟，看中一幅画，实属不易。若失之交臂，对酷爱画画的她，没准儿会是一辈子的遗憾。

　　"那好。我给你们 15 分钟。快去快回。"我终于松了口。并让时间观念比较强的小女儿陪她一道去。

　　说来也巧。孩子刚离开不到 2 分钟，一个带着北方口音的高个儿小伙子过来拦住刚上完厕所过来的孩子他爸，问："请问，是中国人吗？"

　　"是。"

　　他自我介绍说："我是巴黎的导游。本来，我给客人买好了卢浮宫门票，可客人没来。现在，我得把手上的这几张票卖出去。大人每张 10 欧元，18 岁以下门票全免。我可以带你们直接到检票口去。这样，你们就不用在这儿排这么长的队了。"

　　这对不愿排长队的孩子他爸太有吸引力了。

　　可我没动窝。孩子刚走，我们怎么能离开？否则，她们回来，到哪儿去找我们？再说，谁知道他手里的票是真票还是假票？以前在国内，我上过票贩子的当。对这类在别人家门口截客的人有种本能的反感和提防。

仿佛看出了我的心思，小伙子主动说："我这票绝对是真的！我可以把你们送到检票口，等你们检完票、进去后，再给我付钱。行吧？"

接着，他还情绪激动地说起了刚才发生的一桩事：按事先说好的，他把从国内来的几个旅游者直接送进了大门。可人家进了大门后，反过来不相信他，硬说他手上的票是假的，转身去买了法国人手里的票，害得他白忙活了半天。

"中国人不相信中国人，宁可相信外国人。你说气人不气人？"小伙子愤愤地说。

"我们不是不相信你。而是两个小孩去买东西了，要过一会儿才能回来。"我解释。

"你们怎么能让孩子自己去买东西？巴黎很乱的。这一带虽是旅游景区，可是人员复杂，很不安全。"小伙子提醒说。

"就在不远处。她们马上就回来。"我说，心里却打起了鼓。

孩子他爸向小伙子打听巴黎华人区的事。虽然多次到巴黎，却从未去过华人聚居的 13 区或巴黎"唐人街"。

"我劝你们还是别去那儿。很乱的。"小伙子说了一些巴黎华人区的乱象。

看来，德国的社会治安要比巴黎好多了。

小伙子耐心地陪着我们，边聊边等。

队伍的向前移动要比我们事前预想的快得多。15 分钟后，我们已接近玻璃金字塔的大门口处。

两个孩子还未回来。我不禁着急起来。忍不住跳上大水池的台边，登高远眺，四处张望。无意中看到了一幕：不远处另一个小伙子向这位小伙子招手，小伙子过去后，两人交头接耳，还用手指了指我们这边。另一个小伙子心领神会地点点头，离去。那小伙子转身回来，对孩子他爸说了句话，也转身离去。

这无意中看到的一幕，犹如突然暴发的海啸，在我心里掀起狂风巨浪。

我猛地从大水池的台边跳下，失声问孩子他爸："他刚才跟你说了什么？"

"他说，他先到那边去看看，等会儿再过来。"孩子他爸见我脸色大变，不明白发生了什么事。

"我们上当了！他们是一伙的！快去把他追回来！不能让他跑了！"我语无伦次地大叫。

"怎么了？"孩子他爸不知风从何起。

"我们上当了！我们被人盯上了！他是先故意在这儿稳住我们的！知道吗？他的同伙可能把两个孩子骗走了！"我的腿肚子开始抽筋，脑子里一阵翻江倒海。当作者的那一点儿想象力与电影、电视、小说里的情节搅拌在一起，迅速发酵，演变成这样一幅情景：贩卖儿童的犯罪集团分子，在我们去排队的时候就盯上了我们。他们兵分两路，一路假意把我们大人稳住，另一路假扮好人，对孩子说，你们父母在另一处等你们，派我们来接你们。然后，把两个孩子连蒙带骗，推上一辆汽车，跑了！

唉！我为什么不亲自陪孩子去买画儿？我为什么不反复向孩子强调，一定要回到这里来碰头？我为什么没告诫孩子，哪怕是对中国人，也要提防？我……我……我此时肠子都悔青了！！！

两个孩子都在国外生活。小外甥女还好，对社会的阴暗面有所了解。而我家小女儿，在德国出生长大，极其缺少"防人之心"。为培养孩子对中国的感情，我不惜每年带孩子回国。我对孩子说的，都是这个国家正面的东西，让孩子觉得，每个中国人都像亲人，每个中国人都是好人。现在，在异国他乡，有中国人对她说出她父母的外貌特征，再请她上车，她能不傻乎乎地相信吗？

孩子他爸已从我的语无伦次中明白了我心所想，也感到事态严重。他三步并作两步，往玻璃金字塔方向走去——那小伙子刚才从这儿进去了。而我，再次纵身跳上大水池台边，像孙悟空腾云驾雾，手搭凉棚，四处远眺。

孩子没看见，倒是看见孩子他爸很快跟那小伙子肩并肩像哥儿俩似的走了过来。

"这回谁也别离开！"我失态地对着他们大叫，完全不顾形象。

那小伙子大概也感觉到了什么。关切地问："孩子还没回来？"

我没回答。可看他的眼神里，已分明带着一股仇恨。

心里火急火燎，腿肚子不听使唤地再次抽筋。孩子他爸眼见我在水池台上已站立不稳，脸色难看，生怕我一下栽歪到水池里去，"到艺术的海洋里扑腾"去了。赶紧过来，一边好言安慰，一边把我强拉了下来。

小伙子也来安慰我。说，虽然巴黎比较乱，但旅游景区还是安全的。他还分析说，很有可能，两个孩子是到塞纳河的另一边去了，因为，只有河对面才有一个露天卖画艺术长廊。而卢浮宫这一带，是不允许个人卖画、卖明信片的——孩子他爸之前也这么认为。

我没吭声。心里却打定了主意：只要孩子没回来，我绝对不会放你走！

时间一分一秒过去。焦急呈几何数增长。

我感到自己仿佛一个被抽空了气的气囊，全身瘫软。

那个小伙子，一声不响，安静地陪着我们，在骄阳下满头是汗。

我想出去找。可这儿放眼到处是人，到哪儿去找？放高音喇叭广播找人？可这儿没这个服务！

抱着一线希望，只能守株待兔在原处等着。

45 分钟后。

"你看，她们来了。"顺着孩子他爸手指的方向，我一眼看到小姐妹俩正有说有笑地从远处走来——她俩果然如小伙子推测的那样，跑到对面塞纳河露天卖画艺术长廊去了。

"过来！"我使出全身力气，对她们大吼一声，把周围的人都吓了一跳。

小姐妹俩走到面前，一看我的脸色和气势，吓得站在那儿，不敢吭声。

"我怎么跟你们说的？啊？！叫你们 15 分钟就回来，没听见吗？啊？！你们看看，晚了整整 45 分钟！"我气急败坏地又吼又叫，全然没了"知性"的气质。

小伙子如释重负地提醒说："赶紧进卢浮宫吧。里面的东西一时半会儿看不完。再晚进去就没多大意义了。"

随后，他很负责地把我们带到检票处。待我们检完票后，我把 20 欧元交到他手上。

"谢谢！"小伙子很客气地接过那 20 欧元。

那一刻，我心里突然涌上一股深深的歉疚。

小伙子是北京来的留学生。假期兼职打一份导游工。为赚这 20 欧元，他从头到尾陪了我们一个多钟头。他对我们愿买票的口头应承深信不疑，守候始终，而我却反过来怀疑他，把莫须有的罪名扣到他头上。

我为自己感到脸红。

没错，在国内，我上过当，受过骗。但在国外，还从没哪一个中国同胞骗过我。

唉！跟外国人打交道时，怕被别人轻视；跟自己同胞打交道时，又怕上当受骗。我们累不累呀？

晚上在法国餐馆吃饭时，我把这段"惊魂记"用文学语言讲给两个孩子听。

小女儿很不屑地说："嗟！你以为我们是傻子呀？随随便便就跟不认识的人走了？我们都 13 岁了！"

小外甥女则笑得花枝乱颤，说："你应该把这一段写成博客。名字就叫：巴黎三抽腿肚子！"

回到旅馆。上床睡觉时，我把自己对小伙子的愧疚之心跟孩子他爸说了一遍。

孩子他爸说："这好办，下次再碰到中国同胞相求，不但不要怀疑，还应该出手相助！"

结果，第二天，在香榭丽舍大街就遇上了那妇人。

所以，与其说是在帮那妇人，不如说是在帮我自己：我想赎回我对那小伙子的歉疚之心，我不想让自己太不安，更不想让自己对国人太绝望。

不管怎么说，那妇人没以德报怨、害我坑我。就冲这一点，我得谢谢她。

威尼斯，我对你不失望

曾经看过一则小文章：一位收藏家在旧货市场发现了一把很旧很旧的小提琴。经过仔细辨别和鉴定，决定出高价从老太太手中买下这把小提琴。他与老太太约定，先回去备足钱，第二天再来取货。老太太为了感谢这位好心人出的大价钱，于是连夜把小提琴油漆抛光，粉饰一新。她打磨掉了留在小提琴琴箱里面的手工制作者的签名——那是收藏家最看重的，并由此确认是著名小提琴制作者"绝世之作"的印记。第二天，收藏家看到那把面目全非的小提琴后，拒绝付款，失望而去。老太太做梦也没想到，收藏家要的就是那份忠于历史的"旧"。

不知为何，在动身去威尼斯之前，我脑海中闪现的，就是这个故事——今天的威尼斯，该不会是老太太手下那把抛光打磨、粉饰一新的小提琴吧？

第一次知道威尼斯，是读了莎士比亚的话剧《威尼斯商人》。

那时年纪挺小，地理知识不多，历史知识欠缺，读《威尼斯商人》时，懵懵懂懂，一知半解。不知道意大利究竟有多远，也不知道威尼斯到底是啥样。吸引我的，是话剧的故事情节——生活在威尼斯的商人安东尼奥热心帮助自己的朋友巴萨尼奥。为了让巴萨尼奥能娶到美貌的富家女鲍西亚，安东尼奥向放高利贷的犹太人夏洛克借了3000块钱，并依夏洛克的意思，立下了如果违约就割胸口一磅肉的契约。没料想安东尼奥因为商船出事而不能按契约要求准时还钱给夏洛克。夏洛克为了报仇，把安东尼奥告上了法庭。他宁可不要巴萨尼奥三倍甚至二十倍于借款的还款，只要安东尼奥胸口的那一磅肉。因为他憎恨安东尼奥，欲置其死地而后快。记忆最深刻的是"法庭审判"这一章节：鲍西亚女扮男装作为律师出场，用自己的博学帮助朋友安东尼奥。一开始，她表面站在夏洛克一边，允许夏洛克割安东尼奥胸口的肉，然后，先松后紧，步步为营，最终，把夏洛克引进了不能自拔的法律"圈套"中：她提出只许割肉，不能流一滴血，也不准割得超过或不足一磅的重量，否则夏洛克的财产要全部充公。如此一来，夏洛克不得不打消割肉的念头，而且到头来一无所有。

剧中两个人物让我印象深刻：一个是既可恨又使人同情、放高利贷的犹太人夏洛克。他唯利是图，贪得无厌。同时，他又是一个受歧视的犹太人。他在威尼斯法庭上，为一个受苦受难的民族发出了不平的呼声。另一个是优雅高贵、温柔多情的女子鲍西亚。她聪明智慧，机智果断，用自己的行动证明女子不比男子差。莎士比亚通过喜剧，写出了当时威尼斯人的真实生活，让人感到，人间的亲情和友情比什么都重要。

这么多年过去了，读过不少书，到过不少地方。记忆像筛沙的网，把该去的筛掉，把该留的存下——《威尼斯商人》的故事情节和犹太人夏洛克活灵活现的守财奴形象，在记忆的沙网中存留了下来。

那时，不明白莎士比亚为何单单选择威尼斯为场景，来表达他的人文主义情怀；也不明白作为英国人，为何莎士比亚要通过威尼斯商人来讴歌友情和爱情。不过，《威尼斯商人》让我记住了威尼斯。

后来，中学时，又读了朱自清的散文《威尼斯》，才知道威尼斯是个类似于中国江南水乡的美丽城市。对它的想象中便多了一层向往。

再后来，移居德国，威尼斯的名字开始越来越频繁地出现：几乎所有到访欧洲的代表团、旅游团，都必到威尼斯一游。

问过不少到过威尼斯的中国人，回答大同小异：威尼斯苍老破旧，让人失望。有位北方女士说得更直接：中国破旧的地方多了去了，犯得上大老远地跑到这儿来看这破玩意儿？

朱自清笔下美得让人心醉的威尼斯，居然成了让人嗤之以鼻、不屑一顾的"破玩意儿"，这天差地别的评价，让我在德国生活了十几年，竟不敢轻易靠近威尼斯——我不想让自己太失望。

奇怪的是，在德国出生的小女儿却对威尼斯情有独钟。架不住她的再三央求，圣诞节后，我们终于去了一趟威尼斯。

为了不虚此行，临行前特意跟女儿一起做了些前期案头工作：借了一些有关威尼斯的书，了解它的起源、形成、发展、现状以及特别值得一看的景区。一本旅游小册子上的介绍，让我平添了对威尼斯的两点担忧：其一，威尼斯城的常住人口为 7 万，近年来由于经济不景气，失业率居高不下，年轻人都纷纷弃城而去，到外地去谋生；其二，由于全球气候变暖，加之地基下陷，威尼斯近二十年来海水上涨了 10 厘米，并且还有上涨的趋势。

认定威尼斯是个有历史、有特色的城市，因而不想走马观花、浮光掠影，只想细细推敲、慢慢品味。为此，在那小小的弹丸之地，我们待了将近一个星期。

威尼斯的风情在我的想象之中，威尼斯的破旧也在我的意料之中。它没给我特别惊喜，也没给我特别感动。但它激发了我从未有过的联想。

我在青石板上走过，想象着当年铺就这一块块大石的艰辛；我在残垣断壁前驻足，回味着当年这里曾经有过的富足；我在那一扇扇工艺品橱窗前留恋，辨认那里面所包含的前尘往事；我在游人如织的广场前留影，遥想当年莎士比亚戏剧在这儿上演的盛况。

没必要费口舌点点滴滴叙述我们的所有行程，更没必要花笔墨去具体描述威尼斯的名胜古迹——无数的文人墨客、发达的娱乐媒体、无孔不入的旅游业，早就让威尼斯纤毫毕露，闻名于世。

唯一想说的是：幸亏，威尼斯人没有日新月异、一日千里的意识，为我们保留了一份不可复制的古老和风情；幸亏，威尼斯人宁可外出打工谋生，也没有为了解决就业率而在本地大力发展工业或追求 GDP，大兴土木，改河换道，把自己弄得面目全非。在"破旧"中，她坚守了自己的独一无二。让我们即便千里万里"到此一游"，也觉得不虚此行。

埃及行——出门就遇罢工

听说我们选择到埃及去度假，所有人的第一句话就是："你们真够有勇气的！"

自从埃及前总统穆巴拉克倒台后，西方新闻媒体对埃及的有关报道，给人的感觉就一个：治安混乱，乱象丛生。

对游客来说，最恐怖的应该是这则报道：在埃及卢克索城内的著名旅游景点哈特谢普苏特神庙的入口处，6 名恐怖分子突然端着冲锋枪向游客疯狂扫射，当场有 60 余名外国游客和埃及人被打死，20 多人受伤。这些外国游客来自日本、瑞士、德国和西班牙等国，凶手在驾车逃跑的途中与闻讯赶来的警察展开枪战，被全部击毙。

该事件发生在 1997 年 11 月 17 日 10 时左右。据说，当时的埃及总统穆巴拉克亲往现场勘察，要求埃及治安部门切实加强旅游区的安全保卫工作。

埃及没什么工业，农业也不发达。旅游业是这个国家非常重要的经济来源。这起恶性事件之后，埃及游客人数急剧下降。埃及于是动用警察、出动军队，来保护游客的人身安全。

之后的很多年里，许多到过埃及的德国游客回来都说，在埃及出门享受的是总统待遇：出门时，前面是荷枪实弹的摩托车开道，后面是武装到牙齿的警车压阵，连道路两边都是武装警察。

这种保卫措施，直到前三年才逐步解除。但去年 1 月 28 日傍晚，一伙蒙面武装人员在埃及红海旁边的世界著名旅游潜水胜地沙姆沙伊赫，抢劫了一个旧市场附近的外汇交易所，随后与当地警方发生交火。一名40多岁的法国游客在交火中被击中胸部和腿部，当场死亡，1名德国游客受伤。

新闻一出，到埃及去旅游的游客再次锐减。

为了吸引游客，埃及"有关部门"与德国旅行社联手合作，在德国几大杂志、报纸、网络同时大登广告，以极其优惠的价格和诱人的旅游项目招揽游客。

埃及冬季温暖，日照充足。这对冬季寒冷、极其缺少阳光又酷爱日光浴的德国人很有吸引力。加上德国人一直有到埃及度假的传统，这轮旅游宣传攻势很快奏效。

而我们之所以选择到那儿去，当然不仅仅是因为埃及的阳光和温暖，更因为埃及是和中国并驾齐驱的四大文明古国之一，值得我们"到此一游"。当然，还有更重要的一点：《圣经》中对埃及的叙述，清楚无误地表明，埃及古文明跟西方文化有着极深的、源远流长的关系。再说啦，那报价实在便宜，很吸引人啊（后来才知，这报价里有很大的水分）。

埃及的危险我们才不怕呢！以往的教育告诉我们：越是艰险越向前，越是危险的地方往往越安全，明知山有虎偏向虎山行，西方新闻媒体都是唯恐天下不乱、夸大其词瞎捣乱，别信它！

出发那天，飞机7：50起飞。我们特意起了个大早。汽车在高速公路上奔驰。打开收音机，正赶上新闻晨间第一次播报。听听：我们将去的杜塞尔多夫机场，今天安检处将举行全体罢工！

在德国生活这么多年，还从未亲眼见过罢工。德国人老实规矩，很珍惜自己的工作位置，一般不敢随便滋事儿。不像法国人，动不动就闹罢工。唉！怎么极小的概率，却偏偏让我们碰上了？

不过，德国人闹罢工，我很能理解。

当年，德国马克转并为欧元时，是 2 马克兑换 1 欧元。全体德国人民的收入数字都除以 2，下降了一半。当然了，所有物价也都同时除以 2，下降了一半。可 12 年下来，几乎所有物价都不露声色地翻了一番，涨到了当年德国马克的数字，德国人民的工资收入却原地踏步，没有水涨船高、与时俱进。这相当于全体德国人民的生活水平下降了一半。

德国人民勒紧了裤腰带，而欧盟其他闹经济危机的各国却认为德国是头肥羊，磨刀霍霍，想着如何挖块肥肉，杀富济贫。德国人民能不气吗？

带着一些不安，也带着几分好奇，我们进了机场。就见机场候机大厅里，排起了长龙。从大厅 A，一直到大厅 C，足有 3 千米长。

没多久，就听见机场候机大厅外响起了口哨声和口号声，罢工人员举着旗子，吹着口哨，在指定的区域内，来回游行。

电视台新闻记者很快赶到现场。拍完游行队伍，采访完罢工人员，接着来到候机大厅，采访旅客。

德国人的遵守秩序，此时表现得淋漓尽致。几乎所有的旅客，都规规矩矩地排着队。偶尔有一两个插队的，马上就有人自发去制止。一问，那插队的，多是外国游客。

过了中午，队伍有些乱了起来。主要是机场管理出了问题：登机的旅客被唤到了队伍前面，而安检处只开了两道安检口，进展奇慢。于是，入口处旅客越积越多，乱了队形。

德国人的"民主"这时开始发挥作用。旅客们自发推举两位代表，跟机场负责人员交涉，提出重新整队的建议，很快，建议被采纳，队伍重新被排列了出来。

我们从清晨 6 点半进机场，一直挨到下午 3 点半。这期间，候机大厅一直井然有序，旅客们主动配合机场管理人员的调度，没有怨声载道，更没有恶语相向。

下午 3 点半，我们通过了安检，终于上了飞机！

咱中国人常说："好事多磨。"但愿如此！

埃及行——卢克索，你的名字叫"破败"

卢克索（Luxor）是一座有着上千年历史的城市。尼罗河穿城而过。这个城市有两座世界闻名的露天博物馆——卡纳克神庙和卢克索神庙，两座神庙相距不到1千米。因同时拥有两座世界上最大的神庙，卢克索获得了"宫殿之城"的美誉。法国巴黎协和广场上耸立着的那尊大理石方尖塔，就是从这个城市运出的。据说，当时花了整整五年的时间，才把这尊方尖塔完好无损地运抵巴黎。另外，电影《尼罗河上的惨案》中，有一段惊险的戏，也是在这座城市的露天博物馆拍摄的。就像中国人常说"不到长城非好汉"一样，埃及人也常说"没有到过卢克索，就不算到过埃及"。我想象着，这样一座有着悠久历史的旅游城市，经过多年的经营和打理，一定充满了"埃及情调"，美轮美奂。

第二天上午，我们先参观了两座露天博物馆。之后，全团40多人，分别坐上极富埃及特色的20多辆双人观光马车，与另一组德国旅游团队一道，一路浩浩荡荡，穿大街走小巷，游览市容。

我举着相机，咔嚓咔嚓，一路猛照——这些镜头，与我事先对这个城市的想象相差实在太远了！毫不夸张地说，这座城市给我的，可用两个字来形容：震惊！

你能想象，一座旅游城市，几乎就建在废墟之中，到处破败不堪，遍地垃圾脏物，看不到几栋完整的房子，看不到一条干净的街道吗？

你能想象，一座有着长久历史的旅游城市，除了机场之外，居然再没有一所可以接待稍大型团组游客的旅馆吗？

如果不是导游事先清楚无误地告诉我们，这趟"环城游"向我们展现的是卢克索这座城市富有特色的、祥和积极的一面，我绝对会以为，我们一行是行走在好莱坞某个大片荒废的摄影外景中。

还从未见过有任何一座城市像卢克索这样，满城都是烂尾楼——不是缺门，就是少窗。大多居民住房裸露着未封顶的钢筋水泥和丑陋的外墙。毫无粉刷与装饰的外墙，砖头砌得马马虎虎。

一趟"环城游"下来，突然觉得，"古埃及文明史"是不是应该改名叫"以色列文明史"？作为文明古国，埃及可向世人证明的、可供给世人参观的，就是那些破败的、让人叹为观止的雄伟石雕和古建筑群。可是，看看今天卢克索的建筑，哪还有半点儿古埃及文明的影子？古埃及文明，丝毫没有惠泽子孙后代，不能不让人怀疑，以色列人出走埃及之后，埃及还有多少文明？那所谓的古埃及文明，真的是埃及人创造的吗？金字塔、狮身人面像以及那些擎天大柱，或许十有八九不是埃及人而是以色列人设计和建造的。埃及文明史，浸透了以色列人的智慧和汗水。

卢克索的破败，不完全是出于贫穷。因为满城的烂尾楼，似乎是一种刻意，是一种处心积虑。

带团的埃及导游曾留学德国，说着一口流利的德语，是位民族自尊心很强的人。他总是从积极的方面很正面地解释有关埃及的一切。对卢克索的满城烂尾楼，他的解释是：这与当地的气候有关。卢克索一年四季干旱少雨，所以，家家户户特意让房屋缺窗少门，以便通风。

而同团的一位德国税务师在晚饭餐桌上揭开了这其中的奥秘：卢克索满城的烂尾楼，其实与埃及一项"极其愚蠢的"法规有关。埃及税务法规定，房屋若没有竣工，就不收房屋税。老百姓于是钻这条法规的空子，刻意让房屋处于没有竣工的状态，以逃避交税。

这让我联想到德国的一条相关税法：老百姓只要在规定的年限内对自家房屋进行修缮，就可以凭维修单据，到税负局申请免税。既然修整自家房屋可以免税，何乐不为？所以，在德国，几乎看不到破败的房屋。

法规总是于无声处显示它的力量：关系到国计民生，关系到老百姓的切身利益，只要合理，就会让一个国家的整体面貌彻底改观。

埃及政府不是没有看到这其中的问题。据说，穆巴拉克当政时，曾酝酿改变这条法规，可惜还没开始，就被"民主浪潮"赶下了台。现在埃及面临着比穆巴拉克强权时代更多的问题，改变税法的事，在"民主浪潮"中不可能再被提到议事日程上来。老百姓乐得钻法律的空子，卢克索只好继续以破败的面孔示人。

卢克索的破败固然让人痛心，而卢克索满街乞讨的孩子，更让人痛心。

在卢克索的两天时间里，每次出门，都会看到在街上无忧无虑玩耍的孩子；像口香糖般黏着游客不放、一个劲儿兜售旅游品的孩子；围着游客不停乞讨的孩子。我特别留意到，这不是在周末或休假日，而是孩子们应该在幼儿园或坐在课堂里的时间。

卢克索的孩子们乞讨时，脸上大多带着明朗的、灿烂的笑。仿佛乞讨不是件屈辱的、可羞的事，而是件快乐的、光荣的事。不敢想象，当一个国家的孩子把乞讨当成理所当然，没有了屈辱感，没有了是非观，这个国家究竟还能走多远？

　　曾特意问过埃及导游，难道埃及的孩子都不上幼儿园、不上小学或中学吗？导游告诉我，埃及也实行义务教育。但有些埃及家长并不督促孩子到学校去，而是任由孩子在外玩耍、乞讨或缠着游客卖东西。同团的一位搞教育的德国游客私下里对我说，埃及政府在教育上的投资少之又少，根本就没有落实义务教育。政府不投入，家庭不重视，孩子不去接受最基本的教育，这简直就是犯罪！

　　这让我不由地想到了中国。同为文明古国，孔夫子"万般皆下品，唯有读书高"的思想影响了一代又一代炎黄子孙。可以毫不夸张地说，中国是世界上最重视孩子教育的国度之一。撇开两国政府对教育的重视和投入不说，单说中国的家长们，无论是城镇还是乡村，无论是富贵还是贫穷，在孩子的教育问题上，可谓思想一致、高度统一："再穷不能穷教育，再苦不能苦孩子"。许多家长为了孩子的教育，节衣缩食，省吃俭用，甚至砸锅卖铁，在所不辞。

　　埃及也搞过经济改革和招商引资，至今无任何起色和成效。依我看，作为文明古国，中国之所以能够在改革开放后迅猛发展，在很大程度上应该得益于中国的教育；埃及之所以原地踏步甚至倒退，在很大程度上也缘于埃及的教育。政治制度和政策法规固然重要，如果没有教育做底基，无异于无源之水、无本之木。

　　埃及，愿你早日从"民主浪潮"中走向正轨。卢克索，愿你早日从破败中走向繁荣。

太仓，一个美丽的地方

第一次听到"中国首个中德企业合作基地"，是在与德国朋友的一次聚会上。

杯斛交盏之间，有位德国朋友告诉我，他们公司经过多方考察，最终决定到太仓投资。当他洋腔洋调地用德语说出"太仓"这个地名并问我去没去过这个地方时，我一脸茫然。

知道江苏有个太仓，但从没去过那儿。1995—2000 年，因为生意关系，我常回国内。苏州、无锡、常州、常熟等同属江苏的城市，每次回去都必定到访。但太仓对我而言，一直是"只闻其声，不见其人"。每次都与她擦肩而过。

从这位德国朋友嘴里，我得知，太仓有设施完善的经济技术开发区，紧邻上海，交通便利。港运、陆运、空运都极具优势。太仓政府高度重视，各项服务细致到位，让人满意放心。尤其是，太仓市人居环境优良，城市绿化率很高，空气质量不错，有中国"长寿之乡"的美称。这对注重环境保护、讲究生活质量的德国人来说，至关重要。

中国在发展的同时不注重环境保护，一直受到西方的批评和诟病。而眼前这位见多识广的德国人，却对太仓的人居环境赞誉有加，这让我顿时对太仓刮目相看。

再后来，在德国新闻媒体上，开始陆陆续续读到有关太仓的一些报道：2008年，由德中两国政府共同策划和举行的"德中同行"大型系列活动，"太仓周"名列其中；2009年中德经济论坛上，德国巴伐利亚州经济部部长提出把太仓建成"中德合作第一区"；2011年，太仓与享有"绿色之都"美称的德国太阳能环保典型城市弗莱堡缔结友好关系交流协议……点点滴滴的印象重叠在一起，让我这个从未去过太仓的人，对太仓充满了好奇和好感。

因而，2011年，当太仓市政府与江苏省烹饪协会联合举办"太仓江海河三鲜美食文化征文大奖赛"时，早已多年不参加任何征文大奖赛的我，重新提笔，写下了一段与太仓有关的前尘往事。这篇微型小说，后来获得了优秀奖。正是这次活动，让我见识了太仓市政府和太仓作协对本地区卓有成效的宣传。对太仓的好奇和好感中，便又多了一份期待和向往。

或许真是机缘巧合，2012年，在参加德国法兰克福市举办的一次活动中，我偶遇太仓市副市长顾先生，聊到太仓，他热忱地邀请我们到太仓去看看。与太仓，我们便有了一个美丽的约定。

去年暑假，我们全家回到中国。在紧张的行程安排中，我们特意绕道，去了太仓。

虽是第一次去，却有故地重游之感。太仓人的热忱，给了我们"家"的感觉，也给了我许多的"没想到"。

我没想到，太仓市在大力发展经济的同时，如此舍得大手笔投入文化建设。太仓市那座颇具规模、将电光声等现代化手段巧妙融于一体的博物馆，完整记录和展示了太仓的历史、经济和文化。这在全国县级城市中非常罕见，绝无仅有。这种对文化的投资，显示了太仓市政府的卓越眼光。有位西方学者说过，从博物馆状况，可以看出那个地方政府的执政能力。太仓博物馆，让所有到太仓去的西方投资者感到：一个懂得尊重并保护本地区历史的政府，绝不会朝令夕改、摇摆不定，到那里投资，可以放心。

我没想到，太仓具有如此丰厚的文化底蕴。她因春秋时期吴王在此设立粮仓而得名，是著名航海家郑和七下西洋的起锚地，历史上有着"天下粮仓，天下良港"的美誉。她也是江南丝竹的发源地和娄东文化的发祥地，明清时期涌现并形成了娄东画派，现当代走出了吴健雄、朱棣文以及十几位两院院士和一批科教界名人。

我没想到，太仓是如此秀美的江南水乡。太仓沙溪镇，至今完整保留着一条带着江南浓郁色彩的水乡一条街。这条街跟那些过度开发、商业气十足、已成典型旅游景区的周庄等地不同。因为，这条街上至今仍住着当地居民，带着浓郁的生活气息和江南风情。漫步在这条街上，你能看到苏式建筑、清明茶馆、政治运动标语、"文革"博物馆、刺绣手工小店、民居炒菜铁锅、慵懒晒着太阳的狗，还有搬着小板凳、坐在自家门前吃饭的当地居民。生活在这里缓缓流淌，历史在这里驻足定格。这一切，对久居海外、生活在异国他乡的人，不仅感到亲切，更感到一种对家乡的依恋。

我没想到，太仓还有一个与德国任何一座城市公园相比都毫不逊色的湿地公园。中央 60 万平方米的中心湖面，由苏昆太高速公路建设时集中取土形成。园内河塘密布，周边大小河流纵横交错。绿草如茵，风景如画。漫步于其中，令人流连忘返。

　　我没想到，太仓还有一个为发展现代农业、加快城乡一体化进程而设立的集生态、绿色、高效、富民于一体的"现代农业园区"。我们参观的那座令人叹为观止的现代农业展示馆，仅仅是现代农业园区的一个点。这个占地6万平方米的玻璃观光温室，内设先进的温控、遮阳、通风系统，用基质栽培、营养液水培、无土栽培出的300多种珍奇瓜果，让早已见过德国农业现代化生产的我家两个孩子都忍不住大呼小叫，惊叹不已。而那4800平方米的花卉园艺展示馆，汇集了世界各地区、各类植物480多种。中国十大名花梅花、牡丹、兰花、荷花、菊花、月季、山茶、桂花、杜鹃、水仙，法国国花鸢尾，新加坡国花卓锦万代兰，新西兰国花桫椤，日本国花樱花、圭亚那国花王莲，荷兰的郁金香……美丽的花儿争奇斗艳，让人除了赞叹，还是赞叹。难怪，太仓成了长三角地区服务上海、连接全国的重要休闲度假基地。

　　我没想到，太仓的烹调美食如此令人难忘。独特的地理位置，让太仓成了"江海河"三鲜汇聚的地方。海鲜品种齐全，门类繁多。聪明智慧的太仓人充分利用本地资源，打造饮食文化。光是鱼类，或蒸或煮或红烧或酒酿或爆炒，就可组成数百道佳肴、数十款宴式。在太仓的两天，我领略了太仓美食的丰盛与魅力。回到德国后，很长一段时间里，都忍不住逢人就说"太仓美食"。

　　我没想到，太仓领导班子成员如此年轻，富有朝气。我们接触到的太仓领导，大多为20世纪70年代出生，受过高等教育，眼界开阔，思维活跃。他们对当地的经济发展，规划明确，如数家珍；对当地的未来走向，高屋建瓴，成竹在胸。

太仓，是德国人眼中"适宜人类居住"地方，是我们海外游子眼中"带着故土气息"的地方，是一个让人去过之后难以忘怀、还想再去的地方。

太仓的美丽，独一无二。

相同的精神气质

有些人，会让你感到一见如故。有些地方，会让你觉得似曾相识，仿佛前世今生与它有缘。

走过很多地方，看过不少风景。真正能落在心里、难以忘怀的地方，不多。而去过了、又总能勾起回味，并且还想再去的地方，更是不多。

太仓，应该是这"不多"中的一位。

屈指算来，我在德国已定居生活了将近四分之一个世纪。异乡已成第二故乡。今年 4 月，当我与海外文友们一道回到故乡，寻找乡情、抒发乡愁时，却惊异地发现，太仓与德国之间，有着许多惊人的相似元素。

两次去太仓，参观了不少景区，品尝了不少美食，拍摄了不少美景。对这个历史上被称作"金仓"的地方，似乎有个大概的感性认识。

无论是地貌、气候、风土人情，还是语言、饮食、文化背景，太仓与德国都相去甚远，迥然各异。然而，不可思议的是，每次到太仓，都会觉得冥冥之中，这座城乡交杂的"上海后花园"与德国有某种神似之处。

究竟是什么呢？我曾努力试图想明晰它、把握它、归纳它、表达它，可那稍纵即逝的感觉和意念，就像弥漫在空气中的气息，随处可在，却无法言明。

在太仓沙溪镇的石巷小街上，走入一户敞开着大门、带着浓郁中国特色木制家具的茶室里。一落眼，看见如今在市场上早已绝迹的塑料热水瓶、印着"为人们服务"字样的搪瓷茶杯，还有，在橱柜边的一口室内水井。听茶室主人介绍说，这口水井已有几百年的历史。小小的水井直径只有一尺多长，井口砌着低矮的白石灰围栏，刚好只能放下一只小木桶。朝这小小的水井探头望去，井水只有两尺深，像一面圆圆的镜子，映照着我那张充满好奇的脸。这影像，让我瞬间穿越到了万里之遥的德国小镇农庄里。

在我生活的德国小镇，有一座典型的古老德国农庄。几百年前，农庄里的一切用水都来自水井。这家农庄至今完整保留着一口有着600年以上历史的室内水井。水井旁摆着当年使用的、笨拙粗糙的大水缸，那沿着井口用白石灰砌成的围栏，像极了眼前沙溪镇上这充满江南韵味茶室里的水井。这让我不由得突发奇想：这凿井围栏的，会不会是同一人？

太仓的南园，是明代万历年间宰相王锡爵的赏梅种菊之处。园内亭台楼阁，小桥流水。竹、松、梅错落有致，一年四季花开不落。春兰夏荷，秋菊冬梅。4 月中旬，我们参观南园时，正值满园春花怒放。文友们兴高采烈地在春花前拍照合影留念。我在一株花开正旺的碧桃树前驻足，却在不期然间，思绪猛地穿越到了德国小城希尔德斯海姆（Hildesheim）玛利亚教堂里的那株千年玫瑰树前。

传说一千多年前，德国皇帝路德维希打猎来到距汉诺威 30 多千米远的希尔德斯海姆小镇。人困马乏、稍事休息时，虔诚的皇帝把胸前的玛利亚十字架摘下，挂在一株玫瑰树上，然后不停地祈祷。在野地露营的皇帝一觉醒来，发现四周白雪皑皑，而挂着玛利亚十字架的玫瑰树却依然青葱翠绿，花开正旺。路德维希皇帝认为这是上帝的旨意和暗示，于是，在那株玫瑰花旁，建造了至今已被联合国教科文组织列为世界文化保护遗产的玛利亚教堂（Dom）。

原本，太仓南园的碧桃树与希尔德斯海姆玛利亚教堂里的玫瑰树风马牛不相及，毫无相似之处。为什么我会把这毫不相关的二者联想到一起？

或许是因为，太仓是"中国首个中德企业合作基地"？又或许是，在太仓生活着越来越多以太仓为第二故乡的德国人？

可以毫不夸张地说，迄今为止，还没有一处地方像太仓一样，让我如此频繁地联想到德国——

在太仓最后一晚的欢送晚宴上，我们大快朵颐，猛啃太仓肉松骨。粗大的太仓肉松骨，让我不由自主地想到德国的咸猪手。

弇山园里，石桥拱门，精巧繁华。主人及家人的住房布局，让我联想到德国古堡内的闺阁、盔甲、吊灯、原木家具以及林林总总的小摆设。

夕阳斜照在吴晓邦故居院子里的咖啡屋檐上。院落中那一汪池水和散落摆放的秋千式摇椅，让我想起德国的自家院落。坐在园内摇椅上，手捧一本书，就着咖啡细细品读，那种惬意与享受，怎一个"好"字了得！

每次去太仓，都是太仓当地人接待我们。在与他们的交谈和交往中，我发现，太仓人普遍十分恋家。无论是外出学习还是工作，抑或是为官一方，太仓人都更愿意回归本地。他们自嘲"小富即安"。而正是这种"小富即安"，浸透着太仓人对家乡的一往情深和热爱。

太仓是有历史底蕴的。太仓是富足安详的。太仓是精致有品位的。太仓是婉约雅致的。太仓是内敛低调的。太仓是安静悠然的。

然而，这并不是全部。

离开太仓之后，我细读了几本有关太仓的书——一本是太仓市委宣传部主编的《静秀太仓》，另一本是太仓作家陆静波先生写的《娄东风情》，还有一本是太仓官员杨建新先生的散文集《你是一棵树》。在图文并茂的生动介绍中，在文字的曲径通幽处，在对往事的叙述追忆中，我似乎找到了自己想寻觅的某种答案。

回望历史，太仓是出海口，是郑和下西洋的起锚地。然而，太仓人却极少远离家乡，到海外漂泊。这种对故乡的眷恋与固守，与德国人极为相似。

多年前，我曾认识一位在德国大学实验室里做技工的年轻人阿里斯。他虽未上过大学，却对实验室里的所有器械了如指掌，处理故障手到病除。美国一所大学的医学教授到德国做访问学者，在实验室里，他发现了阿里斯的才能。回美国后，就给阿里斯发出了邀请函，请他到美国去工作。不用说，给予的待遇和开出的条件绝对高于阿里斯现有的水平。但阿里斯没做出热情的回应，毫不经意就放弃了这个机会。问他，他说："为什么要去美国？我从小在这儿长大，这里有我的家人和朋友，我想象不出世界上还有什么地方比这儿更适合我生活。我可不想费劲巴拉地再去学什么美式英语。"他卷起舌头，学着美国人说英语的调子，像吐噜着烫舌的土豆，"噢！不，不！我在语言方面没有这个天赋。你想想，美国有什么？有啤酒吗？有足球吗？美国人只知道傻乎乎地看篮球赛，可我偏偏正好不怎么喜欢篮球。"

阿里斯其实代表了大多数普通德国人的观念和心态。他不会空喊口号，而是把对故乡的骄傲和热爱落实在家人、朋友、啤酒和小小的足球上，正如太仓人把对故乡的眷恋和热爱落实在亲朋、邻里、糟方腐乳、糯米团子、猪油白糖糕里一样。

在太仓人书写有关故乡的文字里，可以看到那种德国工匠般的细腻与严谨。他们描写太仓樱花街、河埠头水桥、居家娄城的桌椅板凳、脚炉手炉汤婆子；追忆太仓的箍桶、钉碗、修缸补甏匠；刻画儿时伙伴、同学同事、亲朋邻里；描绘娄城的春色秋景、夏莲冬雪。他们把自尊自强奋发向上淡化在内敛低调里，把过往的峥嵘岁月融化在现实的温润平静中。在风轻云淡之中，从容地面对世事变迁。这份沉稳与淡定，同样与德国人相似。

难怪，会有越来越多的德国人把太仓视为第二故乡，难怪，在兜兜转转、寻找乡情的归途中，太仓会让我们感到如此亲切。

千岛湖，我还会再来

第一次听别人夸赞"千岛湖"的美丽，是在 10 年前。一位德国新娘和她的中国丈夫蜜月旅行，跑了大半个中国。回德国后，我问那位德国新娘最喜欢中国什么地方？她毫不犹豫地回答说："千岛湖！"她喜欢千岛湖的湖光山色，夸赞千岛湖的水质清澈，认为千岛湖是难得的一方净土。新娘的赞誉之词，让我对千岛湖顿生向往之心。要知道，新娘来自德国南部犹如仙境的博登湖区域，对美湖美景有着很高的审美眼光和很直接的对比。千岛湖受到她如此的欣赏与夸赞，肯定非同一般。

今年夏天，在朋友的烧烤聚会上，再次听两位德国朋友说到千岛湖，言语中同样带着赞誉之情。这不由地让我对千岛湖又多了一份向往。于是，有朝一日到千岛湖一睹芳容便成了我的一个愿望。

之前，刻意不到网上去搜寻有关千岛湖的任何信息，因为我怕那些信息干扰我对千岛湖的真实感觉。那些精美的图片，那些诗歌般的赞颂语言，如果与现实不符或差距太大，最终带来的只能是失望。我不要失望。我想用自己的感官去实实在在体验那份美，并为那份美寻找一份真实的答案。

还没等开始着手计划，一个十分幸运的机会，让我的愿望很快得到了实现——11 月初，参加了在浙江绍兴越秀外国语学院举办的第六届"新移民文学研究"国际学术研讨会之后，紧接着又参加了杭州市侨办组织的为期 3 天的采风活动，随着一群文友兴致勃勃来到了千岛湖。

秋末的千岛湖没有显现出应有的明丽和明媚。天空有些灰白，一丝阳光奋力从厚厚的云层里穿透，带着缕缕金丝。远山朦胧，近山微黛。游船启程前，在一个类似于停船码头的"方匣子"前停留了一会儿。当地负责人在甲板上向我们介绍说，不要小看了这个方匣子，它叫"污水回收中转泵船"，是千岛湖的环保秘密武器。这个泵船貌不惊人，却内藏玄机：舱内有一个长 15 米、宽 6.5 米、深 2 米的密封舱，足以容纳千岛湖上船艇和人员活动所产生的各种污水。每一艘在千岛湖上行驶的船都经过了重新改造，能够把船上的所有生活污水收集之后，再通过污水回收中转泵船转移到岸上进行处理，从而保证千岛湖的水质不受污染。如今的千岛湖属国家一级水体，不经任何处理即可直接饮用，这在全国数得上的大湖中属于绝无仅有。我一边听着介绍，一边不禁仔细打量起湖水。此时的千岛湖，湖水幽深恬静，波澜不惊。它的纯净，养育了这一地区闻名遐迩的两个品牌：农夫山泉和千岛湖啤酒。

常年生活在德国，我知道，德国的优美环境有一套完整的法律法规作后盾，尤其是对河水湖水的保护已具体到极细微处，例如，在多少米内不准盖房，在多少米内不准安装下水道，如何打捞水面污物，等等。千岛湖在中国经济飞速发展、许多地方环境污染十分严重的大环境下，能够保留住这一份难得的纯净，应该绝非偶然吧？

在与当地领导的交谈中我得知，千岛湖也曾经有过污染。20 世纪 90 年代末，千岛湖区接连出现了两次严重的"水华现象"，湖面上漂浮着油漆般蓝绿色的藻类，臭气扑鼻。这件事让淳安人警醒。

当地政府毅然做出决定，关停了一批沿湖污染严重的企业，同时提出了"生态立县"的理念。为让这一理念能得到长期贯彻执行，县人大通过了若干法规，把千岛湖生态环境保护提到了依法管理、依法治理的高度。正是这一前瞻眼光和正确决定，让今天的千岛湖留住了它不可复制的"绿"和"清"。

伟大有时从细微处才能体现，美丽往往从坚持中才能呵护。当我坐着缆车，回望远处碧绿的湖，近处翠绿的山；当我站在高处观光台，俯瞰像"公"字的岛屿和一个个像"U"字连绵不断的小岛，我以为，自己已经为眼前这幅美景的由来找到了内在的答案。没想到，当晚在淳安县"水之灵"大剧院观看的一场演出，彻底颠覆了我的答案。

这场由前中央电视台春节联欢晚会总导演邹友开编导的大型舞剧分四个章节，形象地展现了淳安和建德古往今来的历史。不必说几百年前当地百姓在新安江畔拉着纤绳艰苦度日的岁月，也不必说当地两位名士宰相商络和县令海瑞穿越百年的彼此对话，单是 20 世纪 50 年代为建新安江水电站当地 30 万百姓大迁移的悲壮，就令我震惊不已、感慨万千。

原来，占地面积 500 多平方千米、蓄水量是杭州西湖 3000 倍的千岛湖是人工湖！ 1959 年，为建设中国第一座自行设计、自制设备的新安江水电站，把淳安县、遂安县合并成了一个县，30 万当地居民离开家园，成为移民。周边 27 个乡镇、1000 多个村庄、30 万亩良田、几千间民房和始建于汉唐年间的"狮城""贺城"一夜之间沉入水底，淹没在一片碧波之下。

大型的、立体的现代化剧院真实地再现了当年新建成的新安江水电站开闸放水时的情景。舞台上，那飞流直下的水居然都是真的！水花飞溅到我们后排观众的脸上，带着一丝清凉。伴着雄壮的音乐和伴唱，场面惊心动魄，极具震撼力。

我这才恍然大悟，那些蜿蜒的岛屿原来都是曾经的一个个山头！想必，地球上还没有哪个国家这样敢为人先，造出这么大的人工湖吧？想必，也没有任何一个国家的百姓能这样顾全大局，"多带新思想，少带旧家具"，甘为新时代奉献世代生长的家园吧？

回程的路上，我翻看着一本精美的千岛湖画册，那里呈现了千岛湖一年四季的宜人风光，群山的郁郁葱葱，湖水的明朗秀丽。烟波浩渺，鸟语花香。我也从网上得知，经过近50年的封山育林，涵养水土和循序渐进的不断开发，今日的千岛湖已发展成为以观光旅游、水上运动、休闲度假、会展产业等为主要功能的国家级湖泊型5A级风景区。这里资源丰富，物产丰饶，盛产茶叶、蚕桑、木材、毛竹等，一年四季时新鲜果、土特产非常丰富。几位到过千岛湖的德国朋友都没有提到人工湖之事，或许，他们压根儿不知道这段历史。回德国后，我会把中国人的壮举告诉他们。我想看看，他们会有怎样的惊叹。

只有半天时间的观光游览，走马观花，步履匆匆，千岛湖已给我留下绝美印象。

千岛湖，我还会再来！

莱茵河畔的光与影

插科打诨

取笔名的周折

某天一觉睡醒，突然想起了"重操旧业"，于是，给报纸投稿。

发了几篇文章后，周围的人提醒我："为什么不给自己取个笔名呢？其他人都是这么做的呀！"

拿出海外各报仔细一看，果然，那经常在报上露面的作者，十有八九是笔名。看来，在国外写稿，给自己弄个笔名是件挺时髦的事儿。既然时髦，怎能落后？再说，在国外待的时间长了，难免沾染一些自由主义思想，说话有时不把门儿。取个笔名，以后也好躲在这笔名的屏障后，放肆地发发牢骚、针砭针砭时弊。

这么想着，便立刻动手给自己改名换姓。

苦思冥想好几天，总算倒腾出一个让自己还算满意的笔名。颇为得意地跟家人一说，没想到立马招来一片反对之声。老公阴阳怪气地说，哟！平白无故的，我怎么就多出个老婆来了？孩儿们一起叫道：不行！不行！我们总共才认识那几个中文字，好不容易刚把你的名儿认全了，你现在又要改了！你让我们怎么知道，那报上的文章就是你写的？

既然"假洋鬼子"们不支持，只好转而给国内老妈打电话，请求声援。哪知，一贯支持咱的老妈，这回也不由分说，上来就劈头盖脸地一顿调侃：哎哟！这名字怎么说改就改了？当初为了给你取个好名儿，我绞尽脑汁几天几夜，差点儿没落下偏头痛的毛病来！

这名字跟了你几十年，让你一路顺顺当当、风调雨顺的，有啥不好？早知你这么有出息，我当初也该在大名儿之后，再给你带上一嘟噜字啊号啊的，就当陪嫁的嫁妆，跟着你一块儿嫁出去好了！

放下电话，一想，是啊，以前在学校读书时，最厌烦的不正是那些文人骚客动不动就给自己取个笔名、弄一堆儿字号，害得人考试时，背都背不过来吗？怎么自己现在还没出名呢，却想着用这招儿来折磨别人了？罢，罢，罢！既然身边人众口一词表示反对，咱也得讲点儿民主，顺应点儿民意啊。还是把名儿改回来吧！

电话打给报社。报社告知，那篇带有笔名的文章已经发表了，明天就可以收到报纸啦！

等拿到那份带有自己笔名的报纸，左看右看，越看越陌生：这报上的人是我吗？虽说这笔名里树啊花啊全都占了，看上去挺美，可自己都这把年纪了，还配"杨柳依依、樱花灿烂"吗？

正这么想着，有熟悉的朋友打来电话，问，那报上刊登的"什么什么的诱惑"的文章是你写的吧？我一听，顿时一惊。反问，你怎么知道？对方说，我一眼就看出来了！这样的笔调，除了你，还能有谁？这回，我的吃惊更加非同小可：怎么？我还什么都不是呢，难道就有自己固定的"文风"了？

做梦也没想到，躲在笔名后面，还是被人一眼识破，逮了个正着！早知如此，何必改名？大丈夫行不改名、坐不改姓。好汉做事好汉当。这些道理我全懂啊！怎么一行动起来，就把道理全忘了呢？

索性，还是来个彻底还原好了！决定做出之后，顺带着又做了一番反思：平日里不是对一味瞎跟风的事儿不屑一顾吗？怎么到头来还是脱不开从众心理呢？修身养性这么多年，到头来，还是定力不够、功夫不到家呀！

还好，老祖宗早在 N 年前就讲了"邯郸学步""东施效颦"的故事——瞎跟风又不是今天才独有的现象。这么想着，便心安理得地阿 Q 一下，然后再若无其事地自我宽解一番——反正天塌下来，前面还有邯郸、东施们顶着呢！

可要还原，还没那么容易——跟我同名同姓的人太多了。编辑们总搞不清，我究竟是哪路神仙。为了验明正身，在我的名字前，总要加上一大串定语，以确定此 ×× 非彼 ××。国内编辑这么做不足为奇。奇的是，在德国北莱茵州这小小弹丸之地，也出现了跟我同名同姓的人，而且，有一次我俩竟然同时出现在了同一份报纸上！

如此看来，取个笔名，还是很有必要的。

就这么着，给自己的名字来了个狗尾续貂，看上去，倒像个日本人了。呵呵！

青春年少时，曾认认真真在日记本上一笔一画抄下这样的警句：做回自己，这比什么都重要！

人过中年才知道，要做到这一点，根本就不可能！

天上掉下个大馅饼

到德国的第一天，就听到件让人喜笑颜开的事儿。

那时，老公为迎接我和女儿的到来，忙乎了好几个月。在我看来，那新置的家相当不错：周围环境漂亮，房屋外观很新，室内布局紧凑，处处干净整洁。

女儿却毫不掩饰一脸的失望：这德国的家还不如中国的家呢，连个小孩房间都没有！

的确，那套60平方米的住房是为"两人世界"而设计的——客厅很大，设施齐全，却没小孩房。

老公让女儿坐下，给她讲了租这套房子的来龙去脉。

原来，这房子的前租者是个台湾人。因为临时被公司抽派到美国去工作，急于退掉租房。按合同，退房之前，必须把房间重新粉刷一新，再由租房中介公司验收合格后，退回三个月押金。

台湾人想省掉麻烦。于是，把这类杂事交由租房中介公司一并处理。很快，那公司给了个报价，差点儿没把台湾人吓得栽个跟斗：粉刷整理一套60平方米的房子，帮助处理所有家具、电器，价格1万马克。

那房子才住了一年，墙壁如新，里面的家具、电器一应俱全。电器都是名牌，而且全是新置，不能带走就只能丢弃。而丢弃必须请专门公司来拖运，还需另外付费。

台湾人始料未及，心有不甘又无可奈何。

与此同时，为了给我们母女俩办理来德签证，老公正急着四处找房子。他当时住在大学学生宿舍。那间只有 13 平方米的单人宿舍不能带家属一起住，也不符合德国使馆的签证要求。

台湾人偶然听此消息，灵机一动，找上门来，请老公续租他那套房子。

因为缺一间小孩房，老公起初有些犹豫。台湾人立马开出条件：只要接租此房，就白送所有家具、电器，另再付 3000 马克打扫清理费。

对台湾人来说，这是笔合算的买卖：省了 7000 马克，也省了刷墙清扫、重铺地毯的麻烦。

而对老公来说，这简直无异于天上掉下个大馅饼，正好砸在头上了：捡了个现成的家不说，还额外得了笔收入！这样的好事可遇不可求啊！

所以，有没有小孩房间，也只好忽略不计了。

这份"占便宜"的合算买卖，让我高兴得合不拢嘴——要知道，3000 马克在当时相当于我在国内好几年工资的总和呢！

笑话的魅力

去年夏天，机票突然涨价，据说，跟上海世博会有关。

人都爱凑热闹。这样的盛会，百年一遇，难得一见，岂有不去开开眼的道理？国内的人一拨一拨潮水似的往上海涌。国外的人呢，也不甘落后，拖儿带女从世界各地往回奔——这机票不涨价才怪呢！

问了所有进过上海世博会场馆的人，不管男女老少，无论年龄长幼，异口同声地回答概括起来就一个字：挤！

于是，赶紧上网到各个网站的笑话栏目里去搜索。据我多年经验，发现一个规律：只要国际国内一出现某个社会热点，就有善于插科打诨的天才之人，以笑话的形式把这一切生动具体地表现出来。

果然，在网上看到一则有关上海世博会的笑话。真是太形象、太生动了："李白进去，李逵出来；李清照进去，孙二娘出来。美军进去，塔利班出来。克林顿进去，奥巴马出来。猪八戒进去，孙悟空出来。"

笑话里通篇没出现一个"挤"字，却分明让人在大笑之余，感受到"挤"所带来的质变。

自己笑过后，觉得还不过瘾，又把这笑话讲给女儿们听。女儿听了，眨着困惑的眼睛："这有什么好笑的？"

也难怪，在德国出生长大的孩子，那点儿中文基础，怎知道李清照是谁，孙二娘何许人也？

于是，逐句给孩子讲解：进去时是文质彬彬满怀才情的诗人，出来时变成了冲冲杀杀拳打脚踢的莽汉；进去时是文绉绉的女诗人，出来时变成了悍妇泼妇。进去时是正规军，出来时变成了游击队。进去时是白的，出来时变成了黑的。进去时还大腹便便，出来时就变成瘦猴啦！

孩子听懂了，却没笑，还认真地提出了异议：怎么可能"白的进去，黑的出来"呢？应该把"克林顿进去，奥巴马出来"改成"奥巴马进去，克林顿出来"才对。因为进去时黑黑的，出来时就被蹭得白白净净了！一听此话，我顿时又爆笑起来。

说起来有点儿不好意思。别人上网，都是查资料啦、发邮件啦、写文章啦、跟朋友聊天啦……我呢，上网最爱到各个犄角旮旯里找笑话看。

多年下来，颇有斩获。笑话收集了一箩筐，时不时再倒腾出来晾一晾，自娱自乐一番。不知不觉，好像也被熏陶出了点儿幽默感。话里话外，冷不丁还能冒出点儿仙人道气、闪烁点儿智慧火花呢！不是说，幽默是生活的润滑剂，幽默是矛盾的缓冲剂吗？反正，有幽默感总不会是坏事儿。

都说"笑一笑，十年少"。笑了这些年，不敢说自己是不是变"少"了。但有一点是肯定的：笑过之后，气也顺了，眼也亮了，原有的怪毛病全好了，最后，连花粉过敏症也不翼而飞了。不信，你也试试！

《海外华文精品书系》
已出版书目

1. 《暮秋的云》，李硕儒著，北京：中国华侨出版社，2019 年 12 月
2. 《叩问篝火》，刘荒田著，北京：中国华侨出版社，2020 年 1 月
3. 《此水本来连彼岸》，蔡维忠著，北京：中国华侨出版社，2020 年 1 月
4. 《此岸　彼岸》，胡玉琦、胡珊著，北京：中国华侨出版社，2020 年 2 月